KB067884

정하선 에세이 Ⅱ

견디며 사는 나무

㈜이화문화출판사

목 차

3 그 일은 반드시 누군가 해야 한다.
국가를 위해서 후대를 위해서

4 바다는 온통 꽃밭이었다

5 독성이라고는 하나도 없는 그런 여인. 내가 열이 날 때열을 식
혀줄 그런 여인. 보라빛 아름다운 꽃의 향기로운
눈빛을 보내주는 그런 여인. 맥문동 여인.

6 소금은 자신의 몸에 배어있는 젖은 것들을 아침마다 배설하고
공기와 화합하여 바실바실한 당분을 만든다. 소금은
그래서 오래될수록 짜면서도 달콤한 맛을 갖는다.

7 사랑도 자로 재고 근으로 달아서 해야 하는 세상이다

1

젓가락으로 집어먹는 것보다는
손으로 집어먹어도
흉허물이 없어서 좋다

상추값이 금값

 젓가락으로 집어먹는 것보다는 손으로 집어먹어도 흉허
물이 없어서 좋다. 두서너 이파리 들고 흔들어 물을 탈탈
털고, 밥 한 숟가락 떠 얹고 된장 떠 넣고 풋고추 툭 분
질러 얹어, 쌈을 싸서 볼이 미어져라 먹어도 보기 싫지
않아서 좋다.
 기름진 돼지고기와도 잘 어울리고 비린내 나는 생선회
와도 잘 어울린다. 꼭 고기가 아니라도 된장 쌈을 해도
좋다. 고추장 쌈을 해도 좋다. 누구와 어울려도 싫어하는
내색은 찾아볼 수 없다. 속으로도 한 점 어떤 씁쓸한 마
음을 갖고 있는 것 같지도 않다. 접시에 얹어져도 바구니
에 담기어도 자리 탓은 커녕 싫어하는 기색을 본 적이
없다. 언제 어느 곳에서 만나든지 어렵게 느껴지지 않으
며 어릴 때 같이 자란 동무처럼 편안하게 만날 수 있어
서 좋다.

부잣집 마님의 좀 교만한 밭에서 자라도 교만함이 없다. 젊은 새댁의 가난한 텃밭에서 자라도 마음이 움츠러드는 내색을 볼 수 없어서 좋다.

내가 징병신체검사를 갔을 때의 일이다. 면사무소에 11시까지 집결해서 머릿수 점검한 뒤 트럭 타고 군소재지에 도착했을 때는 1시가 넘었다. 식당 앞에 내려놓았을 때 우물가에 상추 씻어놓은 것이 있었다. 누군가 한 사람이 그곳으로 가 상추를 싸 먹었다. 그러자 모두들 그곳으로 우르르 몰려가 순식간에 상추가 동이 났다. 나도 두어 쌈 했더니 상추에 된장만 싸서 먹었는데도 허기가 가시었다. 그때 한 쌈 더 하라면서 상추를 집어 나에게 주고 웃던 얼굴이 오늘 저녁 달로 떠오른다.

마을 회관 옆 돌담 안집에 살던 손이 크다고 소문난 덕천 아주머니는 여름날 가끔 감나무 그늘 밑 평상에 도리상 펴고, 밥 따뜻이 지어 열무김치랑 찔그미(칠게) 찧어 넣고 고추장 두서너 숟가락 퍼 넣은 뒤 상추 서너 주먹 쥐 뜯어 넣어 밥 비벼서 둘러앉아 먹으라고 했었는데.

상추값이 금값이다. 며칠 전 마트에 갔더니 야채류가 100g에 2500원이라 써 붙여져 있었다. 400g 한 근이면 만원이다. 상추 한 박스에 8만 원이라고 며칠 전 보도에서 보았는데 한 박스면 10만 원 꼴이다. 돼지고기보다 비싸다. 돼지고기는 한 근이 600g. 한 근에 삼겹살이 만 원 정도 간다. 삶아먹는 살코기는 삼사천 원이면 살 수 있다. 상추에 돼지고기를 싸 먹은 것이 아니고 돼지고기에 상추를 싸 먹는다는 말이 나올 만하다. 언제나 이맘때가 되면 상추값이 금값이 되었지만 올해는 긴 가뭄과 갑자기 많이 온 비 때문에 다른 해 여름보다 채소값이 더 비싸다.

상추 한 박스를 5천 원에 사서 애들과 나누어 먹었던 때가 불과 두어 달 전이었는데 하는 생각이 떠오른다. 농작물값이 다 그렇다. 귀하면 비싸고 흔하면 싸서 탈이다. 다른 작물들은 연 단위로 굴곡이 있지만 상추는 계절 단위로 굴곡이 있다. 순해서 복 받아 잘살 줄 알았는데 그렇지 못하고 많은 굴곡을 겪은 여인의 인생이다.

집에 오니 보들보들한 어린 상추가 한 바구니 식탁에 놓여있었다. 가까이 사는 큰딸이 가져다 놓고 간 거다. 상추며 풋고추·토마토·부추·가지·풋호박·오이 등 골고루 많이도 가져다 놓고 갔다.

사위가 김포 고촌에 주말농장을 한 오십 평 얻어서 이것저것 골고루 심어 가꾼다. 나도 가끔 가지만 내가 못 갈 때면 딸이 가거나 사위가 가서 이것저것 수확하여 갈

때마다 집에 푸짐하게 가져다 놓고 간다. 아무리 내 자식
이라 해도 고맙다.

 아내가 내일 고기 사서 싸 먹자고 한다. 내가 그냥 싸
먹으면 맛있겠다고 저녁에 먹자고 하였다. 어린 상추라
연하고 보들보들하다. 평생 상추 꼴을 못 본 것처럼 맛있
는 상추쌈을 하였다. 입도 비싼 걸 잘 안다. 귀하면 더
땅긴다. 비싸면 더 맛있다.
 상추가 봄에 막 나와서 얼마 동안은 매일매일 먹어도
맛이 있다. 어느 정도 먹으면 맛이 떨어지고 손이 멀어진
다. 여름휴가철 이때가 되면 또 귀해지고 맛이 있다. 가
을 김장거리인 무·배추와 같이 심어서 어린 상추가 나
올 때가 되면 그때가 또 맛이 있다. 가을 채소가 휘늘어
지면 상추보다 배추쌈이 더 맛이 있어진다.

 우리 가족들은 외식을 할 때 고깃집에 가면 상추를 많
이 주는 걸 좋아한다. 가족들이 다 상추를 좋아한다. 가
뭄에 비처럼 상추를 조금씩 감질나게 주는 집에 가면 상
추를 자주 달라고 하기가 미안하다. 말은 안 해도 뭔가
부족한 마음으로 돌아온다.
 지금처럼 상추가 비쌀 땐 고깃집에 잘 가지 않는다. 비
싼 상추를 더 달라고 하기가 미안해서다.

야채가 셀프인 집에 가거나, 우리 식성을 알고 상추를 많이 가져다주는 시골사람 같은 집에 가면 만족감이 배가 된다.

주말농장에 가면 1번 아저씨는 한여름인 이때 먹을 상추를 아주 잘 가꾸어 놓는다. 곁에서 보면 여름상추가 안 된다는 말이 무색하다. 봄 상추가 거의 절정에 이를 무렵 상추씨를 파종하는 모양이다. 상추를 파종하고 비닐터널을 씌워 양옆을 걷어 올려놓고 위에 차광망으로 그늘을 만들어주어 기르고 있었다. 지금 몇 년째 그렇게 기르는 것을 보았다. 이웃이라 사위도 자연적으로 거기서 배워 여름상추 재배를 했나 보다. 두 주일 전쯤 밭에 갔을 때 상추가 조금씩 자라 있더니 지금 딱 먹기 좋을 정도로 자라서 이렇게 뜯어다 놓고 간 것이다.
긴 가뭄도 이겨내고 잠시일지라도 폭염도 이겨내고 잘 살아온 상추도, 딸과 사위도, 고맙다.

2017. 8. 5.

쏙 쑥국

길가 언덕. 쑥을 캐는 사람들이 하나 둘 보인다.

공원에 서 있던 산수유가 작은 주먹을 펼친다. 온 사방 천지에 쥐고 있던 봄을 뿌린다. 매화가 우아한 미소를 지으며 뒤 따라온다. 땅속에서 쑥이 무슨 좋은 일이라도 있나 하고 쏙쏙 고개를 내민다.

이맘때가 되면 봄 입맛을 돋우는데 쑥국만한 것도 없지 싶다.

봄나물 국으로 보리밭에서 캔 나상개(냉이)나 구슬뱅이(광대나물)가 최고의 걸작이다. 어린 보리 싹을 조금 섞으면 맛이 더 좋다. 된장 풀어 끓인 봄나물 국으로 한 끼 식사를 하면 몸도 마음도 개운한 날이 된다. 쑥국 또한 봄나물 국으로는 빼놓을 수 없는 국 중에 국이다.

앞의 나물국은 건더기가 조금 많은 것이 좋고 쑥국은 건더기가 조금 적어야 맛이 더 좋다. 쑥국은 건더기가 많으면 뻑뻑한 느낌이 있다. 나물국이나 쑥국을 먹으면 비로소 봄을 맛본 것 같다.

쑥은 약성이 있어서 소화도 잘되고 몸도 따뜻하게 해주지만, 쑥 특유의 향긋한 향 때문에 봄에 끓여먹는 국으로 더욱 사랑을 받는다.
충무에 가면 도다리쑥국이 봄 입맛을 유혹한다고 한다.
나는 아직 도다리쑥국은 먹어보지 않아서 그 맛은 알수 없다. 다만 시골 살 때 도다리미역국은 자주 먹어보아서 지금도 가끔 끓여먹는다.

서울 사람들은 미역국에 소고기를 주로 넣는다. 전라도지방은 미역국에 닭고기를 주로 넣지만 도다리나 양태, 숭어 등 해물을 넣거나 바지락을 비롯한 조개를 넣어 끓여먹기에 도다리미역국을 많이 먹어본 것이다.

그중에서도 쏙 쑥국은 잊지 못할 음식 중에 음식이다. 쏙은 생김새가 영락없는 가재다. 다른 점이 있다면 큰 발이다. 큰 발이 없는 것이 다르다. 가재처럼 산골 물속 바위 아래서 사는 것이 아니다. 바다에서 사는 것이 다른 점의 또 하나다.

쏙은 일 년 내내 철 가리지 않고 잡는다. 회로 해 먹거나 국을 끓여 먹는다. 삶아 놓으면 색깔이 발갛고 살이 깊어 눈도 혀도 버선발로 마중을 나온다. 일 년 중에 제일 맛이 좋을 때는 이른 봄이다. 늦봄이나 이른 여름에 산란을 하므로 산란하기 전인 초봄에는 살이 꽉 찬다. 이른 봄에 배에 알을 달고 있는, 사람으로 말하면 조숙한 암컷도 있다.

이른 봄 쏙은 기름기가 많아서 많이 먹으면 설사를 하기도 한다. 쑥과 함께 끓여먹으면 설사를 잡아주는 쑥과 잘 어울려 몸에 좋을 뿐만 아니라 맛도 좋다.

쏙을 잡으려면 바다에 갈 때 삽을 가지고 간다. 쏙은 뻘과 모래가 섞인 단단한 곳에서 서식을 한다. 이런 곳을 찾아 삽으로 위쪽 흙을 걷어내면 마치 십구공탄에 뚫린 구멍 같은 구멍이 나온다. 그곳을 삽을 깊이 질러 흙을 파고 부수면 그 구멍에 살고 있는 쏙을 잡을 수 있다.

요즈음 TV에 나오는 것을 보면 구멍에 가는 막대기를 넣어 쏙이 물면 끄집어 올리는 방법으로 잡는 것을 본다. 잡는 방법도 많이 진화한 것이다.

나는 내가 살던 남해안에만 쏙이 서식하는 줄 알았었는데 TV에서 보니 서해안에서 더 많이 잡는 것을 보았다.
　그렇게 많이 잡는 것을 보지만 시장에 가보아도 쏙을 파는 것을 보지는 못했다. 이맘때 시장에서 쏙을 살 수 있다면 쏙 쑥국을 한번 끓여 먹어보고 싶지만, 이 글을 쓰다 보니 더욱더 쏙 쑥국이 먹고 싶어진다.

살

두 여자가 마주 앉아 차를 마시고 있었다.

한 여자가 한 여자에게 고민을 털어놓았다.

"사실 나 살을 빼고 싶은데 방법 좀 가르쳐 줄 수 있겠니."

"그걸 알면 내가 살 빼겠다, 애. 근데 들은 얘긴데 깊은 산에 들어가 매일 아침 기도를 하면 산신령이 나타나 살 빼는 방법을 알려준다고 하더라. 나도 해봤는데 열흘도 못하고 그만뒀어."

그 말을 들은 여자가 살을 빼려고 결심을 하고 깊은 산속으로 들어갔다. 새벽마다 목욕재계하고 지극정성으로 기도를 올렸다.

백일이 되는 날, 여인 앞에 하얀 머리와 수염을 길게 기른 산신령이 천년 묵은 칡넝쿨 지팡이를 짚고 나타났다.

"새벽마다 간절히 기도를 하던데 네 소원이 무어냐."
하고 물었다.

"어떻게 하면 살을 뺄 수 있습니까? 그 방법을 알고
싶습니다."

"그래, 저녁밥을 굶어보아라."

하고 연기처럼 사라졌다. 그 뒤로 저녁밥은 전혀 먹지
않고 또 백일기도에 들어갔다.

그런데 백일이 지나도 살이 빠지지 않았다.
또 산신령이 나타났다.
"이번에는 또 무슨 소원이 있느냐?"
"저녁밥을 먹지 않아도 살이 빠지지 않아서요."
"그럼 저녁밥과 점심밥을 먹지 말아보아라."
그 말을 남기고 산신령은 사라졌다.
그 날부터 저녁밥과 점심밥을 먹지 않고 또 날마다 새
벽이면 일어나 기도를 올렸다.

또 백일이 되었지만 살은 빠지지 않았다.
산신령이 또 나타났다.
"이번에는 무슨 일이냐?"
"보면 몰라서 물어요. 저녁밥과 점심밥을 먹지 않았는
데도 살이 빠지지 않지 않아요."

"그럼 저녁밥도 점심밥도 아침밥도 다 먹지 말아라. 보름만 그렇게 하면 뼈만 남을 것이다."

"예, 감사합니다. 정말 감사합니다."

하고 다시 백일기도에 들어갔다.

물론 저녁밥, 점심밥, 아침밥을 먹지 않았다.

또 백일이 지났다.

산신령이 나타났다.

이번에는 여인이 먼저 말을 했다.

"물만 먹어도 살이 찐다는데 제가 그런가 봐요."

산신령이 고개를 갸우뚱하더니

"너 밤마다 외식했지?"

편식

누구나 좋아하는 음식이 있다.
싫어하는 음식도 있다.

아무거나 잘 먹는다고 말하는 사람도 함께 몇 달 식사
를 하다 보면 싫어하는 음식이나 좋아하는 음식이 있다
는 것을 느낄 수 있다.

우리는 밥상머리에 앉으면 음식을 골고루 먹으라고
아이들에게 말한다.

아이들은 절제 능력이 떨어지므로 자연히 먹고 싶은 음
식에 자주 젓가락질을 한다.

특히나 고기류는 야채류보다 입맛을 끌어당기는 힘이
강하다.

야채를 평소 좋아하는 나의 입맛에도 고기를 먹어보면
고기에 자주 손이 간다. 하물며 아이들의 입맛이야 말해

무엇하랴.

옛날에는 먹고 살기가 어려워 주로 채식 위주의 식사를 하였지만, 지금은 주로 육식 위주의 식사가 되면서 비만에 대한 걱정들을 몸에 달고 사는 세상이 되었다.

요즈음 아이들은 살은 찌고 몸은 커졌어도 힘쓰는 것은 옛날만 못하다. 평소 힘을 쓰는 일을 하지 않았기 때문이다. 힘쓰는 일이 몸에 익숙해지지 않아서 그런다. 힘이 없어서 그런 것은 아니다. 힘을 쓴다면 옛날 사람에 비하랴.

아이들에게 공부만 하라고 하는 편식을 시키지 말고 운동도 시키고 육체적으로 힘을 쓰는 일도 시켜야 장차 아이에게 좋은 미래를 안겨주는 부모가 될 것이다.

음식만 편식이 해로운 것이 아니고 힘을 쓰는 일 공부를 하는 일도 편식은 좋지 않다.

어른들도 마찬가지다.

일과 여과를 적절히 균등 배분하고, 일과 취미 또한 적절히 배분하여 균형을 맞추어 주어야 건강에 좋다. 여가나 취미도 편식을 하는 것보다는 여러 가지를 골고루 하는 것이 좋으리라.

한 가지 예를 들자면 우리는 TV를 보는 시간이 정말 많다. 연속극만 일주일 내내 보는 사람이 있는가 하면 스포츠만 보는 사람도 있다.

이런 것도 일종의 편식이란 생각을 한다. 이런 분들은 일주일에 연속극은 한두 편으로 줄이고, 뉴스도 아침저녁으로 두 번 정도 시청하고 교양프로도 하루 한 번 정도는 시청하는 것이 편식이 안 돼, 지식의 식사가 되어 정신건강에 알맞게 근육이 붙고 유산소 운동 같은 효과가 있다고 생각한다.

편식은 고치면 좋다는 것을 알아도 고치기 쉽지 않다. 알고 있어도 잘 안 되는 일이 편식을 고치는 일이다. 의식적으로 조금씩 천천히 습관을 고쳐나간다면 편식에서 벗어나는 습관이 몸에 붙는다. 나중에는 무의식적으로 균형 잡힌 식사를 하게 된다. 균형 잡힌 육체와 정신의 건강을 갖게 되어 행복의 붉은 카펫이 깔린 길을 갈 수 있으리라 생각한다.

실수

1

어떤 청년이 신형 컴퓨터를 사 가지고 기분이 몹시 좋아, 들고 오면서 춤을 추다 그만, 컴퓨터를 콘크리트 바닥에 떨어뜨렸다.

컴퓨터는 박살이 났다.

청년은 울상이 되어 깨진 컴퓨터를 들여다보고 있는데 주위 사람들은 무엇이 그리도 우스운지 모두 배꼽을 잡고 웃고 있다.

봄 바지락

내가 아내의 어깨너머로 배운 요리의 두 번째가 바지락
(전라도에서는 바지락을 반지락이라 한다) 국이다.
바지락 국 역시 간단하게 만들 수 있는 쉬운 요리다.
그렇다고 맛이 없는 것은 아니다. 맛은 일품이다.

바지락은 일 년 내내 먹을 수 있는 조개다. 언제 먹어
도 맛이 있는 조개다.
제일 맛이 있을 때는 역시 여느 조개처럼 봄철이 아닌
가 하는 생각이 든다.

우리나라 해안의 전역에서 잡히기 때문에 어디를 가나
먹을 수 있다.
번식력이 조개 중에서는 제일 좋은 것인지 조개 중에서
가장 흔한 조개가 바지락인 것 같다.

동해안에서 생산되는 것과 서남해안에서 생산되는 바지락은 약간 다르다.

생김도 다르고 맛도 다르다. 전라도 바지락에서는 깊은 맛이 나고 강원도 바지락에서는 맑고 담백한 맛을 느낄 수 있다.

흔한 것만큼 요리 또한 여러 가지가 있다.

사람들이 제일 잘 알고 있는 것이 바지락 칼국수다. 외에도 바지락 국, 바지락 전, 바지락 회, 바지락 탕, 바지락 젓갈, 등등 수도 없이 많으리라 생각한다.

우리 집에서 제일 잘해 먹는 바지락 요리는 바지락 국이다. 아마 전라도 지방에서 제일 많이 해 먹는 요리가 바지락 국일 것이다.

요사이 시장에 가면 바지락 1근에 이삼천 원이면 살 수 있다. 1킬로에 오천 원 정도 한다. 굵고 싱싱한 걸로 살 수 있어서 가끔 사다 먹는다.

어떤 가게에서는 국산이라고 더 비싼 곳도 있다. 그러나 수입인지 국산인지는 알 수 없다. 물론 속이기야 않겠지만 차라리 속을 바엔 수입을 사 먹으면 속지는 않겠지 하는 생각. 다만 물에 담겨 있으면서 살아있고 크기가 크면 좋다는 생각으로 사다 먹는다.

물에 담겨 있고 살아있으면 해감도 되어서 모래가 씹히지 않는다.

될 수 있으면 물에 담겨 있고 굵은 것으로 사는 것이 좋은 바지락 사는 비결이다.

만약 바다에 갈 기회가 있어서 바지락을 잡아온다면 소금물에 담가서 하루 정도 해감을 하여야 한다. 해감을 하지 않으면 모래가 씹혀서 맛있게 먹을 수 없다.

바지락국은 재료로 바지락과 소금만 있으면 된다.

바지락을 솥이나 냄비에 넣고 물을 자박하게 잠길 정도로 붓고 삶는다.

김이 오르면 바지락이 익어서 벌어진다. 이때 소금으로 간을 맞추면 요리 완성.

국물이 우윳빛으로 보얀 것이 곧바로 살로 갈 것 같다.

먹으면 속이 시원하다. 감칠맛이 그만이다.

영양가도 좋다고 하지만 영양가를 따지기 전에 맛이 있어야 음식으로 가치가 있다고 나는 생각한다. 영양가도 좋고 맛도 좋으면 금상첨화가 되리라. 이런 면에서 바지락 국은 좋은 음식반열에 앉으리라 생각한다.

더러 바지락국이나 바지락칼국수에 매운 고추를 넣은

수가 있는데 나는 이런 음식은 별로다.

예전에 어떤 바지락 칼국수 집에 가서 칼국수를 시켜먹었는데 매운 청양고추를 넣어서 사래가 들려 음식을 먹으면서 곤욕을 치른 일이 있기도 하다.

더러 파를 썰어 넣기도 하는데 이것마저도 쓸 데 없는 첨가물이다.

소금만으로 간을 맞추고 바지락 특유의 맛을 음미하는 요리가 바로 삶은 바지락에 소금으로 간을 한 바지락국이다.

갓김치

올해는 기후조건이 좋아 모든 농작물이 풍년이다. 이 얼마나 기쁜 일인가.

김장채소 역시 대풍작이라고 한다.

추석 때 배추 한 포기 값이 만원이 넘어 주부들이 명절 김치 담기가 무섭다고 하였다. 한데 이제 가을 김장배추는 예년보다 값이 쌀 것이라고 한다. 소비자는 좋겠지만 농부들의 마음은 편치 않을 것이다.

올해는 일본 방사능 유출 때문에 수산물 먹기를 꺼려서 김장을 많이 담을 것이라는 예상이다.

값은 싸도 소비량이 많으면 농산물을 다 팔 수 있어 농민의 입장에서 본다면 그나마 다행일 수도 있다.

밖에 비가 오고 있다.

여름에는 비 한 번 오면 올 때마다 더워지고, 가을에는 비 한 번 오면 올 때마다 추워진다고 한다.

날씨가 추워지면 감기 예방 등 건강에 신경을 써야 한다. 날씨가 추워지면 겨울 내내 먹을 김장김치도 담아야 한다.

김장김치는 수십, 수백 가지 종류의 김치가 있다.

그중에서도 배추김치나 무김치가 대표적 김치이긴 하지만 갓김치도 겨울 내내 먹을 수 있는 반찬으로 아주 좋은 김치다. 갓김치는 건강에도 좋지만 맛 또한 일품이다. 갓은 겨자라고도 한다. 갓의 씨가 겨자다. 겨자는 음식으로 또는 약용으로 많이 쓰인다. 매운맛은 물론 단맛과 툭 쏘는 맛이 있다. 성질은 따뜻하여 겨울에 특히나 좋은 음식이다.

젊었을 때는 신김치를 좋아했다. 나이 먹어갈수록 입맛이 변해 신 김치가 입에 당기지 않는다. 갓김치는 다른 김치에 비해서 빨리 시어지지 않는 특성이 있다. 내 입맛에 잘 맞는다. 뿐만 아니라 맛도 또한 좋은 것이 갓김치다.

예전에 완구 도매상에 갔더니 거기 온 아주머니가 한 말이 생각난다. '전라도 사람들은 먹으면 코가 툭 쏘는 생 갓김치를 잘도 먹더라'고 하는 말이 갓김치를 보면 떠오른다.

생 갓김치 때는 많이는 못 먹지만 한두 젓가락 정도는 먹으면 초밥에 고추냉이처럼, 또는 잘 삭힌 홍어처럼 코를 쏘는 맛이 시원하면서도 깔끔하다. 익은 갓김치는 나름대로 맛과 향을 갖고 있어서 갓김치의 특성을 입안에 남겨준다.

갓김치를 물김치로 담으면 국물이 다른 물김치보다 시원하다. 시원한 맛과 향은 아마도 먹어보지 않고는 설명으로는 감이 잡히지 않을 것이다.

갓김치 중에서도 돌산갓김치가 많이 알려져 있다. 같은 종류의 갓이라도 내륙에서 자란 갓과 해풍을 맞으면서 자란 갓의 맛과 성격은 다르다. 해풍을 맞으며 자란 갓은 톡 쏘는 맛이 더 강하다.

사람 역시 내륙이 고향인 사람과 해안이나 섬이 고향인 사람의 성격은 조금 차이가 난다고 나는 가끔 느낀다.

갓김치 생각이 나서 써본 시가 하나 있다. '돌산갓김치'라는 시다.

올해는 갓김치 한 번 담아 드실 것을 살며시 권해드리며 돌산갓김치라는 시를 여기 덧붙입니다.

돌산갓김치

좋은 친구가 될 걸세
사귀어보면
여수에 사는 친구로부터 소개받은

단칸 초가집에서 자란 듯한 모습
바닷바람에 그을린 살결
풍겨오는 젓갈 냄새
파도를 보며 자란 탓인가 억양 높은 사투리
바닷바람에 시달린 탓인가 코가 시큼하도록
툭 쏘는 성깔머리

다시는 만나지 않으리라
헤어진 뒤 궁금하여 다시 만났을 때
막걸리 사발 들며 바라본 나에게
젓갈 비린내도 삭히고 성깔도 삭히었다면서
돌 섞인 밭머리 쟁기를 몰며 농부가
불렀음직한 육자배기 한 자락
감칠맛 나게 다시 들려줄 것처럼
혀끝에 착 감아 도는

새우젓

　김장 때 쓸 수 있는 작은 새우는 지금이 가장 쌀 때다. 새우 배는 9월 말경부터 조업을 시작한다.

　지금 새우는 부화해서 얼마 되지 않아 그 크기가 제일 작고 바닷물처럼 투명하다. 하얗고 투명한 몸에 까만 눈만 있다.

　이렇게 작은 새우가 약용으로 효과가 있다고 한다. 이 작은 새우로 새우젓을 담가서 푹 삭힌 후에 그 새우젓국물을 약용으로 쓴다고 한다.

　작은 새우로 담근 새우젓국물을 눈곱만큼씩 떠먹으면 암세포도 파괴가 된다는 글이 인터넷에 올라와 있는 것을(한국 토종 연구학회 회장의 글) 아는 분이 복사를 해다 준 것을 본 일이 있다.

　병원에서 치료를 포기하고 사경을 헤매는 분에게 이 어

린 새우젓을 먹게 했더니 암이 나았다는 내용이다. 그 글에 의하면 가을 새우젓은 염증 질병에 치료효과가 탁월하다고 쓰여 있었다. 식도염, 위염, 장염, 구강염 등의 염증과 암에 효과가 있단다. 소화기관 염증뿐 아니라 기관지나 신장, 방광의 염증에도 효과가 있다고 쓰여 있었다. 약리작용은 병원균이나 기형의 세포를 파괴하고 분해해서 치료가 된다고 쓰여 있었다. 그렇다고 병 치료를 새우젓으로 하라는 얘기는 아니다.

병 치료를 위해서는 병원 치료를 받아야 하는 것이 원칙이다. 라고 나는 생각한다. 새우젓은 민간요법이다. 식용이다. 식용이므로 미네랄 등 미량요소나 영양분의 섭취를 위하여 복용할 필요는 있다고 생각을 한다.

새우젓은 돼지고기와 먹으면 음식궁합이 잘 맞는 음식이다. 돼지고기에 채하였을 때는 새우젓을 먹으면 좋다. 돼지고기 음식을 파는 집에 가거나 순대국밥집에 가면 새우젓이 함께 나오는 것이 기본이다. 돼지고기를 분해하는 소화효소가 있어서 함께 먹는 것이다. 이런 상식은 다 알고 있는 상식이다.

새우젓은 음력 6월에 담근 육젓을 최고로 알아준다. 다음이 음5월에 담근 오젓이다. 그 다음이 가을에 담는 추

것이다.

약용으로 담는 새우젓은 육젓이나 오젓보다는 추젓이
좋다고 쓰여 있었다. 추젓 중에서도 10월이나 9월에 담
는 아주 어린 새우젓이 좋단다.

육젓은 새우가 알 슬기 전으로 살이 잘 차있을 때 담
기 때문에 좋은 것이다. 하지만 여름에 담기 때문에 보관
이 어렵다. 판매목적으로 대량으로 담는 사람들은 토굴이
나 폐광을 이용한다. 적게 담는 가정에서는 김치를 다 먹
은 후이기 때문에 김치냉장고에 넣으면 된다.

새우 값이 제일 쌀 때는 10월인 지금과 봄 3월 말에서
4월이다.

인천 소래포구에 가면 6월이나 십일이 월에는 한 말에
보통 3만 원에서 5만원 정도까지의 값을 주어야 살 수
있다. 10월과 4월에는 만 원 안팎의 싼 가격이 대체적으
로 형성되는 것이 보통이다.

나는 소래포구가 비교적 가까운, 전철로 30분 정도면
가는 곳에 살기 때문에 가끔 가는 편이다. 4월이나 10월
에 새우를 두 말 정도 사서 한 말은 새우젓을 담고 한
말은 여러 봉지로 나누어 냉동을 시켜놓고 일 년 내내
먹는다.

다른 때는 4월에 보통 샀는데 작년에는 약용에 대한

글을 읽고 10월에 사다 담갔다. 올해도 10월에 사 올 예정인데 아직 사 오지는 않았다.

포구에 가서 새우를 살 때 소금을 넣어주라고 하면 적당량 소금을 넣어 준다. 그대로 가져 와서 옹기그릇에 담아두면 된다. 소금을 넣지 않고 사 오면 소금 양을 1로 하고 새우 양을 3으로 하는 비율로 하면 대체적으로 맞다.

새우젓을 먹을 때 생강, 마늘, 고춧가루 등 양념을 하면 더 맛있고 몸에 좋은 음식으로 먹을 수 있다. 거기에다 풋고추를 썰어 넣어 먹는 것 또한 다른 맛을 느낄 수 있다.

소래포구에 갈 땐 물때를 알고 가는 것도 좋다. 음력 15일과 그믐이 7물이다. 7물에는 오후 1시에서 3시간 정도 사이에 배가 들어온다. 그 뒷날이 8물이다. 8물에는 1시간 늦게 배가 들어온다. 7물 앞날이 6물이다. 역시 7물보다 1시간 앞 당겨 잡으면 된다. 제일 좋은 물때는 6물부터 8물까지로 생각하면 좋다.

가을 바다에 통통배가 새우를 싣고 줄줄이 들어오는 모습도 볼만하다. 눈요기도 하고 입요기도 할 겸 새우를 사러 나서보는 것 또한 좋은 계절이다.

개고기에 대한 작은 생각

개고기 시비가 붙었다.

월드컵, 세계적인 체육행사를 앞두고 서다. 88 올림픽 때도 개고기 시비가 있었다. 우리는 언제까지 이런 시비에 휘말려야 하는가.

이번에는 확실한 입장표명을 해야 한다. 우리의 개고기 식문화를 세계가 인정하도록 해야 한다.

방편의 하나로 프랑스 대학생들과 교수를 초청하여 개고기 요리를 시식케 하는 장면을 tv에서 보았다. 그들도 개고기 요리를 맛으로 인정하는 표정이었다.

서양인들은 왜 개고기를 먹는 것을 꺼리는가. 우선 그 내력부터 살펴보자.

그들은 육식 위주의 식생활을 한다. 소, 양, 돼지, 칠면조, 닭, 오리, 등등 여러 가지의 가축을 길러서 잡아먹는다. 땅이 넓고 사료가 풍부해서 가축을 기르기 쉽다.

기르는 가축만으로도 풍부한 식사 거리가 된다. 농사는 가축으로 짓지 않고 기계로 짓는다. 소는 농우가 아니고 식재료로 기른다. 질 좋은 육식의 식재료를 손쉽게 많이 얻을 수 있다.

그들은 개를 기를 때 방목장에서 가축을 지켜주는 동물로 기르고 있다. 방에서 애완용으로 기르고 있다. 장난감으로 기른다. 사람을 무척이나 따르는 짐승이다. 그들이 유독 개고기만 먹지 않는 것은, 유치하게 생각하는 것은 그들의 생활습관인 것이다. 고기가 넘쳐나는데 실내 아니면 마당에서 기르는 작은 등치의 개를 잡아먹을 필요가 없었을 것이다. 개는 집을 지키고 가축을 지키는 역할을 하는 동물이다. 집을 지켜주고 가축을 지켜주는 개를 잡아먹을 필요는 없었을 것이다. 나이가 먹으면 먹을수록 영리해지기 마련이다. 나이 먹도록 오래 길렀을 것이다. 오래 기르다 보니 사람과 밀접하게 가까워지고 충견이 되어서 죽으면 묻어주었을 것이다. 우리나라에도 충견을 묻어주었다는 얘기는 많이 전해져 내려오지 않는가.

죽은 개고기 아니라도 고기가 흔해빠진 식생활을 하는데 정이든 짐승의 시체를, 늙어서 질긴 고기의 시체를 먹을 필요가 없었을 것이다.

반면 우리 조상들은 육식보다는 초식 위주의 식생활을 하는 민족이다. 소는 농사를 짓기 위해서 길렀다. 논밭을 갈고 분뇨는 거름이 되었다. 좁은 땅 부족한 사료 때문에 소를 많이 기르기는 어려웠다. 한 집에 한두 마리 기르는 것이 고작이었다. 그 마저도 부농이 아니면 기르기가 어려웠다. 사람 먹을거리도 부족한데 소를 먹일 수 있는 소먹이가 넉넉할 수 없었다. 양이나 닭, 오리, 돼지 등도 사료가 부족하기 때문에 기르기가 어려웠다. 농사 부산물로 한집에 한두 마리 기르는 짐승들이다. 우리의 가난한 농경생활에 비추어볼 때 우리의 영양식으로 육식 부분을 채워주기는 턱없이 모자랐다. 소고기는 일 년 내내 한 번도 맛보기가 어려웠다. 몇 년 만에 어쩌다 맛보는 고기였다. 귀한 손님인 사위가 와야 닭이라도 한 마리 잡던 시절이다. 그에 비하면 거의 집집마다 기르는 것이 돼지였다. 명절이나 잔치가 있을 때 잡아서 한두 근 씩 나누어 먹는 것이 돼지다.

어렸을 때 명절이나 잔치가 있을 때 돼지 비개라도 몇 점 먹으면 바로 설사를 하여 측간에를 뛰어다니던 생각이 난다. 부보님들은 말간 속에 기름기가 들어가서 그런다고 했다. 그에 비해 개고기는 다른 고기에 비해 지방이 적고 단백질이 많은 음식이다. 개고기는 아무리 많이 먹어도 설사를 하는 일도 없다. 육식이 아닌 초식 위주의 우리에게는 이런 개고기가 몸에 영양균형으로 맞아 보신용으로 먹으면서 보신탕이라고 하였을 것이다.

개는 사람이 먹고 남은 음식찌꺼기나 사람이 먹을 수 없는 고기 뼈. 똥을 먹여서 한두 마리 길렀다. 개는 일을 하는 짐승도 아니다. 애초부터 키워서 잡아먹을 식용으로 키운 것이다.

평생 주인을 위해서 뼈 빠지게 일을 해주는 소를 쉽게 잡아먹을 수는 없었다. 일을 해 줄 수 있는 소를 잡아먹으면 농사를 짓지 못한다. 소 한 마리가 살림의 반이라고 했는데 이런 소를 잡아먹기는 어려운 실정이다. 서양에서 소를 식용으로 길러서 잡아먹었듯이 우리는 개를 식용으로 길러서 잡아먹었다. 에스키모가 썰매를 끌던 개를 잡아서 육식으로 먹는 것을 tv에서 보았다. 에스키모가 돼지나 소를 길러서 잡아먹기는 불가능할 것이다. 짐승을 기르는 조건이 서양과 우리나라는 애초부터 다른 것이다.

아이를 낳을 때가 가까워지면 개고기를 먹지 않는다. 제사 때가 되어도 개고기를 먹지 않는다. 절에 갈 때도 개고기는 먹지 않는다. 개는 똥을 먹고살기에 그런 것인가. 아니면 참과 거짓을 개로 구분하는 개념을 가졌기에 그런 것인가는 잘 모르겠다. 참꽃과 개꽃, 망초와 개망초, 나리와 개나리 등등 수도 없이 많다. 이런 것으로 볼 때 개고기는 우리에게 좋은 음식으로 대접을 받는 것이 아니다. 참이 아닌 개를 잡아 부족한 단백질 보충용일 뿐이다.

나는 태어날 때 목에 탯줄을 감고 태어났단다. 칠성님이 점지해준 출생이라고 집에서 개고기를 먹지 말라고 해서 개고기를 먹지 않았다. 아버지 어머니도 내가 해로울 가 봐서 개고기는 먹지 않았다고 한다.

내가 스물대여섯 되었을 때였다. 일행과 함께 보신탕집에 가서 점심을 먹게 되었다. 개고기를 못 먹는다고 했더니 그중 한 분이 어른 모르게 먹으면 괜찮다고 했다. 그렇게 해서 먹은 것이 어쩌다 빠질 수 없는 자리에서는 몇 번 먹었다. 하지만 마음속에 께름칙함이 있어서 그런지 별로 맛있다는 느낌을 받지 못했다. 음식은 맛이 있어야 좋은 것인데 맛없이 먹을 필요는 없었다. 나는 개고기를 먹지 않는다. 다른 고기도 많은데 꼭 개고기를 먹을 필요가 없다.

아내는 개고기를 잘 먹는다. 맛이 있단다. 아내가 늑막염이 걸려서 한 마리 분의 개고기를 먹은 일이 있다. 의사가 늑막염에는 개고기가 제일 좋은 약이라고 해서 한 마리 해 먹였더니 좋아졌다. 옛날에는 폐병에도 잘 먹으면 낫는다고 하여 뱀이나 개고기를 먹고 나은 사람들이 주위에 흔했다.

우리 주위를 둘러보면 개를 애완견으로 방에서 기르는 집이 많다. 그들은 개를 잡아먹지 않을 것이다. 우리 아이들이 김치나 된장을 싫어하는 대신 햄버거나 피자를 좋아하는 것처럼 방에서 애완견을 기르다 보면 개고기를 먹지 않는 사람들이 많아질 것이다. 지금은 개고기가 아니라도 고기가 흔해빠진 세상이다. 우리의 식생활도 거의 서구화되어서 육류를 너무 많이 섭취해서 탈이라고 말들을 한다. 이제 개고기를 먹을 이유가 점점 없어져가고 있다.

옛날 식인종이 지금도 식인종인가. 식인종보다는 화학 무기를 개발해서 전쟁이라는 명목으로 수많은 사람을 죽이고 쾌락을 맛보는 종족들이 오히려 식인종만 못한 것이 아닌가. 꼭 개만 생명인 것은 아니다. 모든 동물이 다 생명인 것이다. 인간의 우월성을 내 세워 다른 종의 생명은 생명으로 알지 않는 것도 미개인이기는 매 한 가지가 아닌가.

돼지고기나 소고기를 먹지 않고 신성시하는 나라도 있다. 그 사람들 입장에서 본다면 돼지고기나 소고기를 먹는 사람들이 이상하게 보일 것이다. 개고기를 먹는 것도 이와 다를 것이 뭐가 있단 말인가.

이제 세계는 하나라고 말들을 한다. 골목에 들어서면 어떤 집에서는 된장냄새, 어떤 집에서는 갈비 조리는 냄새, 생선 굽는 냄새, 밥 짓는 냄새, 빵 굽는 냄새, 등등이 섞이는 것이 21세기다. 개고기도 그중의 하나일 뿐이다.

자기가 먹지 않는다고 그걸 먹는 다른 이웃을 보기 싫은 눈초리로 혐오하는 눈으로 보아서는 안 될 것이다. 오히려 그렇게 보는 사람들이 오히려 미개인일 것이다.

서로가 상대방의 모든 문화와 함께 음식문화도 이해하는 마음을 갖는 것이 현대 우리가 함께 살아가는 세상이어야 하기에 더더욱 그렇다.

뷔페식사 즐기기

뷔페 식사를 하는 날은 기대의 재미가 있다.

여러 종류의 음식이 있어서다. 마음대로 골라먹을 수 있어서다. 집에서 평상시에 안 먹는 음식을 먹을 수 있어서다. 적게 먹든 많이 먹든 마음대로 먹을 수 있어서 좋기도 하다. 그러나 때로는 좀 불편할 때도 있다. 뷔페는 서양식이기 때문에 서양식 식사에 맞는 식사의 기본예절이 있기 때문이다.

우리는 상을 차려주는 한식문화에 익숙해 있다. 가져다 먹는 뷔페식에 거부감을 느끼는 사람도 있다.

나는 일 때문에 토요일과 일요일은 뷔페에서 식사를 많이 한다.

뷔페 식사에 대해서 기본예절과 음식 먹는 요령 등을 보고 느낀 대로 간단히 적어 보려 한다.

우선 먹는 재미부터 얘기해보기로 한다.

나는 뷔페 식사를 하러 가는 날은 아침식사를 평상시의 반 정도나 삼분지 이 정도만 먹고 간다.

어떤 사람은 뷔페에 가는 날은 거기 가서 많이 먹으려고 아침을 먹지 않는 분들이 있다. 우리말에 잔칫날 많이 먹으려고 사흘을 굶는다는 말이 있다. 하지만 사흘을 굶으면 잔칫날 음식은 못 먹을 확률이 크다. 배가 너무나 많이 고프면 음식은 오히려 먹히지 않는 법이다. 아침에 굶어도 마찬가지다. 아침에 굶고 가면 많이 먹을 것 같아도 오히려 많이 못 먹는다. 술 먹는 사람들이 술 먹을 일이 생기면 미리 밑을 앉히고 간다는 말을 한다. 그와 마찬가지다. 아침에 적은 양의 식사를 하여 밑을 앉히고 가면 음식은 오히려 맛이 있고 많이 먹을 수 있다.

나는 뷔페에 가면 빈 접시를 들고 줄 서지 않는다. 결혼식이나 모임이 끝나는 시간에 사람들이 몰리게 되어 있다. 사람들이 한꺼번에 몰리면 처음 음식이 있는 곳에서부터 줄을 서서 기다려야 한다.

나는 줄 서지 않는다. 빈 접시를 든다. 음식을 둘러보며 우선 구경을 한다. 무슨 음식이 있는가, 구경의 재미를 먼저 느낀다. 음식은 구경하는 재미도 있다. 사람들이 적게 서 있는 곳으로 다니면서 부드럽고 따스한 음식이나 죽 같은 것을 조금 적게 가져와서 먹고 위를 편안하게 해준다. 다음에는 내가 좋아하는 음식을 조금씩 가져와서 맛을 본다. 내가 좋아하는 음식이라고 많이 가져오면 안 된다. 아무리 내가 좋아하는 음식이라 하더라도 간이 맞지 않거나 그날 입맛에 맞지 않을 수도 있다. 많이 가져올 필요는 없다. 음식은 많이 있는데 많이 가져다 식힐 필요는 없다. 자주 가져오면 된다. 홍시 등 냉동과일은 미리 가져다 놓아 녹은 뒤에 먹어야 달다. 음식을 고루 가져다 맛을 본다. 맛이 있고 입맛에 맞으면 그 음식을 더 가져다 먹으면 된다. 뷔페에 가면 비싼 음식, 집에서 자주 먹지 않는 음식을 주로 먹는 것도 좋은 방법 중의 하나다.

젊은 분들이 어른을 모시고 함께 식사를 하는 경우, 어른을 대접하기 위해서 음식을 고루고루 많이 가져다 놓고 못다 먹는 것을 많이 본다. 종류는 여러 가지를 가져온다. 양은 적게 가져온다. 떨어지면 더 가져다 먹는다. 어른 대접을 하더라도 이렇게 하는 방법이 좋다.

나이 먹은 어른이라 해도 보행에 불편함이 없다면 자기가 좋아하는 음식을 자신이 가져오는 방법이 뷔페에서는 좋은 식사예절이라는 것도 알아두면 좋다.

뷔페 음식은 자주 가져다 먹는 것은 좋지만 한꺼번에 많이 가져와서 못 먹고 남기는 것은 좋은 식사 예절이 아니다. 특히 조심해야 한다.

국물이 있는 음식이나 수프 종류의 음식, 중화요리 등을 가져올 때는 넓은 접시에 다른 음식과 함께 담지 않아야 한다. 국물을 담을 수 있는 종지나 보시기 등에 담아서 따로 가지고 와 먹는다.

후식은 적은 양을 가져다 놓고 천천히 담소하면서 조금씩 먹는다. 이미 다른 음식으로 배가 차 있는데 많이 가져오면 남길 확률이 크기 때문이다.

뷔페 음식을 먹고 집에 오면 물이 씌는 경우가 가끔 있다. 그럴 때는 맥주 한두 잔을 마시면 갈증이 해소된다. 갈증에는 맥주보다 더 좋은 음식은 없다. 아니면 저녁밥을 물에 말아서 먹고 자면 갈증이 덜하다.

낮에 뷔페에서 많이 먹었으면 저녁에는 다른 때의 반이나 반이 못 되는 양의 식사를 하여야 한다. 그것도 물에 말아먹고 자면 잠자리도 편하고 속도 편하다. 뒷날 역시 몸이 편하다.

김장철 단상(斷想) 1

아침, 신문을 펼치자 농협 하나로마트 광고지가 끼어들어와 있다. 아직 김장을 하지 않았기에 노란 속이 꽉 찬 배추 그림에 눈이 간다.

해남 절임배추 10kg에 19,800원, 풍산 절임배추는 15,800원, 순천 절임배추는 12,800원이란 가격이 붙어 있다. 중량은 다 같은 10kg인데 가격이 각각 달랐다. 가격이 달라도 조금 차이가 나는 것이 아니고 12,900원과 19,800원, 큰 차이가 난다.

배추값에 차이가 많이 날 일은 없을 것이다. 소금에도 값이 많은 차이가 나지는 않을 것 같은 생각이 일반적인 생각일 것이다. 그렇다면 잘 알려진 브랜드 값, 그럴 것 같다는 생각이 든다.

마트에 가면 품질이나 양에 큰 차이가 없어 보이는 물

건인데도 기업 이름값으로 차이가 나는 것과 같은 원리일 것이다.

비단 배추나 마트 물건뿐이겠는가, 사람도 유명세에 따라서 이름값이 매겨진다. 한 시간 일하면 오륙천원 버는 사람이 있는가 하면 한두 시간 일하고 몇 백만원을 받는 사람도 있다.

내가 20여년 전 농사를 지을 때 경험으로 맛이 좋은 배추 고르는 방법을 말하자면 아래와 같다.

5~60일 크면 수확하는 조생종 배추보다는 100~120일 정도 되어야 수확하는 만생종 배추가 맛이 더 좋다. 배추가 키가 큰 배추보다는 키가 작고 오동통하게 생긴 배추가 더 맛이 좋은 배추다. 배추의 잎맥(배추잎 가운데 하얀 부분의 줄기)이 긴 것보다는 넓은 것이 더 맛이 좋은 배추다. 뿌리를 자른 부분의 원의 크기가 큰 것보다는 작은 것이 맛이 좋다. 보통 100원짜리 동전 하나 크기 정도는 무난한 것이다.

물론 기후, 토질, 비료나 수분 관계 등 여러 가지 다른 요인이 맛을 다르게 할 수도 있지만 대체적인 관점에서 본다면 위와 같은 선별기준으로 배추를 고른다면 맛 좋은 배추를 고를 수 있다.

제일 좋은 방법은 한 포기만 사서 잘라먹어보고 맛이 있으면 필요한 만큼 사는 방법이 제일 좋은 방법이다.

소금은 오래될수록 간수가 빠져서 김장 소금으로 쓰기 좋은 소금이 된다.

해남 절임배추는 바닷물에 절인 배추라고 표기가 되어 있다. 우리도 어렸을 적에 소금 살 돈을 아끼느라 바닷물에 배추를 절여 김장을 한 때가 몇 년 있었다. 바닷물에 배추를 담가놓고 씻기를 두서너 번 하면 배추가 절여졌다. 아마도 그런 옛 방식을 쓰는 모양이다.

과정이야 어쨌던 인지도 즉, 브랜드 가치를 높여야 귀한 대접을 받을 수 있는 것이 물건이고 사람이고 간에 같은 동질성을 가지고 있는 것인 것만큼은 확실하다는 생각이 든다.

김장철 단상(斷想) 2

올해 배추가 풍작이란다.

농촌에서는 배추 가격이 쌀뿐만 아니라 판로가 없어서 판매를 포기하고 갈아 엎는다고 방송에서 몇 차례 보도가 되었다. 작년에 배추값이 비싸서 배추 재배 농민들이 재미를 보자, 올해는 너도나도 배추 재배에 뛰어들어 많이 심은 데다 기후조건까지 좋아 배추가 적정량보다 더 많은 양이 생산되어 물량이 남아돈다고 한다.

시장에 가면 배추 한 포기에 3,000원 안팎을 주어야 살 수 있다. 산지에서는 500원도 못 받는다고 하는 보도를 보았는데 어쩐 일일까. 장사꾼이 폭리를 취하는 것일까, 아니면 운송비, 상하차비가 많이 드는 것일까, 아무리 생각을 해보아도 가늠이 가지 않는 일이다.

대형마트에서는 1,000원에 판다고 한다. 그런데 많은 양이 아니고 1일 300포기 한정 판매를 한다든지, 아니면 1인당 8포기나 10포기만 파는 제한적 판매를 한다. 전시용이나 손님 낚시용이다. 농협 하나로마트에서는 배추 3포기가 든 망 하나에 5,700원, 고랭지 배추는 6,700원이라는 전단지가 신문에 끼어들어왔다. 포기당 2,000원선이다. 그 정도면 적정선이 될 것도 같다는 수긍의 마음이 든다. 하지만 농협은 장사를 하는 것보다는 농민조합원을 위해서 마진을 최대한 줄이고, 농민 조합원에게 조금이라도 돈이 더 돌아가게 해야 할 것이다. 하지만 꼭 그런 것은 아닌 것 같다.

가을배추가 어떤 이유로 고랭지 배추가 평지 배추보다 더 비싼지도 이상하다. 배추가 생육하려면 어느 정도 서늘한 기온이 되어서 적정 온도가 되어야 잘 자란다. 때문에 평지 가을배추는 지방별로 조금의 차이가 있긴 하지만 8월에 파종하여 11월이나 12월에 수확을 한다. 월동 배추는 극 남부지역인 해남 등지에서 추위에 강하게 육종 된 종자를 가을에 파종해서 겨울이나 이른 봄에 수확을 한다. 봄배추는 하우스에서 얼지 않게 모종을 키워 4·5월이나 6월에 수확을 한다.

모종 때 어느 기간, 어느 정도 이하의 추위에 노출되면 화아분화가 되어 꽃대가 올라오므로 배추로서의 가치가 떨어져 소득을 볼 수 없다.

여름 배추는 고랭지에서 추석 무렵에 나온다. 평지에서는 여름 더위 때문에 배추 생육특성상 재배가 안 된다. 평지에서는 재배를 못하지만 고랭지에서는 서늘한 기온 때문에 여름재배를 할 수 있다. 때문에 고랭지 배추가 나오는 여름에는 지역 한계상 수량이 적어 배추값이 비쌀 수밖에 없다.

지금 김장철에는 고랭지 배추가 비싸야 할 이유가 없다. 아니 고랭지 배추가 나올 시기도 아니다. 겨울 김장용 배추로는 평지 배추가 고랭지 배추보다 더 좋다.

김장철에 고랭지 배추를 비싸게 파는 것은 사람들 머릿속에 여름철 고랭지 배추가 비싸다는 인식이 박혀있어서다. 그 인식을 상인들이 이용을 하는 것인데 농협에서 조차 그런 수단을 쓰는 것은 참으로 어이가 없는 일이다.

주부들은 계절별로 제때에 나는 식재료를 사용하여 요리를 하는 것이 제일 좋은 음식을 만들 수 있는 가장 기초적이고 기본이라는 것을 염두에 두어야 한다.

그렇다면 요사이 김장철에는 어느 곳에서나 잘 자라는 평지 배추가 김장배추로는 제일 적합하고 맛 좋은 배추라는 것을 알아야 할 것이다.

2

자락치마가 벌어지고 그 사이로
하얀 속치마가 보이면 파도가 인다

대접받는 사람, 얻어먹는 사람

우리들은 일상에서 흔히 쓰는 말로 '오늘 저녁 잘 얻어먹었다', '오늘 술 잘 얻어먹었다' 또는 '커피 잘 얻어마셨다' 하는 말들을 많이 쓴다.

누군가가 음식을 주어서 먹으면 우리들은 흔히 잘 얻어먹었다고 한다. 이 말은 시골 살 때도 도시 살 때도, 어렸을 때도 어른이 돼서도, 옛날에도 시대가 많이 변한 지금도 변함없이 듣는 말이다.

시골 살 때의 일이다.

마을 어른의 생일날 음식 대접을 받고 나오면서 '오늘 아침 잘 얻어먹었다'고 한 친구가 말을 하였다. 앞서 가시던 마을 어른 한 분이 뒤를 돌아보시며 "얻어먹었다고 하지 말고 대접받았다고 하시게. 얻어먹는 것은 동냥아치가 손 벌리고 달라고 해서 얻어먹는 것이 얻어먹는 것 아닌가, 생일날 오시라고 해서 음식을 대접해 준 것을 먹었으니 음식 대접을 잘 받았다고 해야 맞는 말이 아닌가."하는 말을 들었다.

그다음부터는 얻어먹었다는 말보다는 대접을 받았다는 말을 의식적으로 쓰려고 노력하고 있어도 몸에 배지 않아서 얻어먹었다는 말이 더 잘 나온다.

혹 어른이 주신 음식을 받아먹은 뒤에 대접받았다고 하면 어른에 대한 예의가 아닌 것 같다는 생각이 들기도 한다. 어른에게서 얻어먹었다는 말보다는 어른에게서 대접을 받았다는 말이 어쩜 더 좋은 말일 것 같다는 생각이 들기도 한다. 하지만 이 부분은 내 생각으로는 어떤 표현이 더 좋을지 아직 가닥을 잡지 못한 말이다. 어떻게 말을 해야 할지 더 생각을 해보고 다른 분의 의견을 듣고 고쳐나가야 할 부분인 것 같다. 어른이 주셔서 잘 먹었다고 하면 무난할 것이란 생각도 함께 해 본다.

집 없는 노숙자들에게 밥을 나누어주는 곳이 많다.

노숙자들은 밥을 대접받았다고 하기보다는 밥을 얻어먹었다고 하는 분들이 많을 것 같은 생각이 든다. 하지만 이 역시 음식을 대접받았다고 하는 말을 사용하는 것이 맞는 말이고 더 좋은 말이 될 것이다.

주시는 분들 역시 대접해 드렸다고 하는 말을 많이 쓸 것이다. 이에 걸맞은 말이 대접을 받았다는 말이 된다.

연하의 사람에게서 대접을 받았을 때는 말할 것도 없지만 친구나 같은 연배, 또는 나이가 조금 많은 사람에게서 음식을 대접받았을 적에는 잘 얻어먹었다는 말보다는 대접을 잘 받았다고 해야 할 것이다.

얻어먹었다고 하는 말을 쓰는 사람은 자기 스스로가 자기 인격을 비하하는 말이 된다. 대접을 받았다고 하는 말을 쓰는 사람은 자기 스스로가 자기 인격을 높이는, 자기 인격에 예를 다하여 대접을 해드리는 말이 된다. 뿐만 아니라 음식을 대접해 주신 상대방에게도 존경의 높임말이 될 것이다. 상대방을 높여주는 말이 될 것이다.

우리말에 '어' 다르고 '아' 다르다는 말이 있다. 뜻이나 어감이 좋지 않은 말보다는 뜻이나 어감이 좋은 말을, 더 아름다운 말 더 품위가 있는 말을 쓰려고 애쓰는 습관을 길들이는 것 또한 인격을 높여가는 길이 아닌가 하는 생각을 해 본다.
얻어먹는 사람이 되는 것보다는 대접받는 사람이 되는 것이 더 좋지 않겠는가.

문신

할아버지 한 분이 공원을 지나가던 참이었다.

공원 한가운데서 청소년들이 담배를 피우면서 비켜 줄 생각을 하지 않고 있었다.

할아버지가 그 청소년들을 향해서

"어른이 지나가면 길을 비켜드리고 담배는 감춰야 하는 것이다."

하고 타이르는 말씀을 하셨다.

그러자 그중 한 아이가

"할아버지가 뭔데 그러세요."

하고 말을 받았다. 할아버지가

"아니 이놈이."

하고 화를 내셨다. 그 아이가 팔을 걷어 올려, 팔에 가득한 문신을 보여주며

"할아버지는 이것도 안 보여요."

하고 주먹을 추켜올렸다.

"그럼 너는 이것이 안 보이냐."

할아버지도 팔을 걷었다.

"그게 뭔데요. 검버섯 밖에 더 있어요."

"그래 이게 죽을 날 얼마 안 남아서 새긴 이판사판 문신이다."

하면서 그 아이의 턱을 주먹으로 한 방 걷어 올렸다.

그 아이는 그만 뒤로 벌러덩 나자빠졌다.

나머지 아이들은 혼비백산 줄행랑 도망을 쳤다.

60이 넘어서 태권도를 배우기 시작한 할아버지는 태권도 4단이었다나.

* 75세 아는 할머니가 태권도를 배우기 시작했다는 말을 듣고 재구성해보았다.

훈련병

　외손자가 휴가를 왔다. 2개월간의 훈련을 마치고 4일
간 포상휴가를 받았다고 했다.

　제 어미 애비가 머리 좀 짧게 깎으라고 그리 성화를
해도 덥수룩한 머리를 깎을까 생각도 하지 않더니. 짧게
라기보다 아예 빡빡 밀어붙여 윗부분만 조금 놓아둔 머
리가 시원하게도 보인다. 검게 탄 얼굴에 그런 머리는 어
찌 보면 용맹스러웠던 로마병정이 투구를 쓴 모습 같기
도 하였다.

　"훈련받느라 고생 많이 했지."

　"아니에요. 받을 만했어요. 다들 받는 훈련인데요. 그
래도 저는 평소에 태권도나 축구를 많이 했기에 체력이
뒷받침되어서 별 탈 없이 훈련 맞추었어요. 저와 같이 간
친구는 체력이 약해서 다친 데도 많고 기합도 많이 받았
어요. 저는 다친 곳 하나 없이 훈련 마쳤어요."

외손자는 특수부대에 배치되어 다른 부대보다는 더 강훈련을 받았단다.

"차라리 군대에 지원을 하지 말고 전경이나 의경으로 시험을 보아 갈 걸 그랬구나."

하고 내가 말하자

"이왕 갈 바엔 특수부대 좋잖아요. 그래야 다음에 친구들 모여 군대 얘기하면 할 얘기라도 있지요."

하고 대견한 말을 한다.

두 달 전 아이가 군대에 간다고 할 때 제 아비 어미와 외할머니가 데려다주고 오면서 셋이 강원도에서 집까지 울고 왔다고 할 때, 나는 '다 가는 군대인데 울기는 왜 울고 와.' 하고 말았는데, 그때 울고 온 부모들은 조금 서운했을 것이란 생각이 들지 않은 건 아니었다.

컴퓨터에 ○○부대 훈련병 치면 훈련받는 모습을 볼 수 있다고, 아이 어미가 얘기하기에 컴퓨터에 들어가 00부대 ○기 훈련병의 홈에 들어갔다. 돋보기 끼고 아무리 찾아보아도 외손자의 모습은 찾을 수 없었다. 그 아이가 그 아이 같고, 그 아이가 그 아이 같았다. 알아볼 수가 없었다. 비슷한 아이가 있으면 이 아이가 아니냐고 집사람에게 보여주면 우리 아이가 아닌데 하였다.

결국 찾기를 포기하고 카페 가입을 하고 메시지만 남겨 두었다.

[장병욱에게 할아버지가 쓴다. 네가 입대한 지 딱 한 달이로구나. 훈련은 잘 받고 있으리라 믿는다. 날씨 무더워서 고생이 많겠다만 그게 바로 훈련이 아니겠니. 더워도 잘 참고 훈련 잘 받으면 군 생활에서도 훌륭한 군인이 되는 길이기도 하겠지만, 다음에 네가 살아가는 평생에 더 큰 도움이 되는 인생 훈련이 되리라고 할아버지는 생각한다. 용기백배한 훌륭한 군인이 되라고 파이팅을 보낸다. 항상 건강할 것도 함께 기원한다. - 할아버지가]

다음날 홈에 들어가 보았더니 메시지에 댓글이 달려있었다. 같이 훈련받는 훈련병의 아버지가 올려놓은 댓글이었다.

[할아버님 멋지십니다. 늠름하고 당당한 모습으로 할아버지 앞에 인사 올릴 겁니다.]

암 그래야지 그래야하고 말고 나는 속으로 혼자 중얼거렸다.

2011. 9.

성실(誠實)

　TV에 임권택 영화감독이 출연하여 아나운서와 대담하는 방송을 보았다. 옛날에 신문에서도 임권택 영화감독의 기사를 대대적으로 다룬 걸 읽은 일이 있다.

　임권택 영화감독은 1936년생으로 이제 팔십 세가 내일 모레인데 지금도 영화감독으로 활발한 활동을 하고 있다. 1962년 '두만강아 잘 있거라.'로 데뷔한 이후 최근까지 100편이 넘는 영화를 찍었다고 한다. 　그중에서도 세계인의 주목을 받은 서편제, 취화선, 씨받이, 아다다, 아제아제 바라아제, 등 수많은 걸작들을 남겼다.

　임권택 감독은 자랄 때 영화를 본 일도 없고, 영화가 무엇인지 모르기 때문에 영화에 대한 일을 꿈꿔본 일도 없었단다.

　전남 장성의 시골마을에서 태어나 자란 그는, 가난한

시절 시골에서 먹고살기가 어려웠다. 한국전쟁 당시 전쟁으로 더 살기가 힘들어지자 부산으로 갔단다. 부산에 가서 온갖 잡일을 하다가 신발가게 점원으로 들어가게 되었다고 했다. 한국전쟁이 끝나고, 신발가게 주인이 서울에 신발가게를 하나 더 내면서 임 감독을 서울로 함께 데리고 갔다. 그동안 열심히 일한 임 감독의 성실함을 주인이 보았기 때문이다.

신발가게 주인은 서울에서 영화사업도 하고 있었다. 신발가게에서 일하던 임 감독에게 주인이 어느 날, 영화 촬영장에 가서 잔심부름을 하도록 하였다. 잔심부름으로 어느 정도의 기간이 지난 뒤에 영화감독을 하여 보라는 주인의 말로 영화감독의 길에 들어서게 된다.

본인이 하고 싶어서 한 일이 아니고 주위 분들 때문에 한 일이 그를 오늘의 거장으로 만들어 주었다. 무슨 일을 하던지 그 일에 성실을 다했기 때문에 그는 오늘의 거장이 된 것이다. 어떤 일을 했더라도 그 분야에서 대성공을 하였으리란 생각이 든다.

세상에는 위대한 이름을 남긴 분들이 많다. 자기가 하고 싶은 일을 열심히 해서 꿈을 이루어 훌륭하게 된 분들도 많지만 임 감독처럼 본인이 생각지도 않은 일에 들어서게 되었어도 성실히 일을 해서 후세에 까지 이름을 남긴 분들도 많다.

우리가 살아가면서 내가 하고 싶은 일, 내가 꿈꿨던 일을 평생 하고 산 사람이 얼마나 있을까 하는 생각을 해 본다.

지금 젊은 사람들은 어렸을 적 일찍 재능을 발견하고, 하고 싶은 분야에 뛰어들어 정진하는 분들도 많지만 예전에는 그런 일이 쉽지 않았다.

자기 꿈과 동떨어진 길을 갈 수밖에 없었던 환경 때문이다. 하지만 임 감독처럼 주어진 일에 성실하게 매진하여 훌륭한 업적을 남긴 분들 또 한 찾아보면 많다.

내가 하고 싶은 일, 내가 꿈꾸었던 일을 해도 성실을 다하지 못한다면 좋은 결과는 물 건너에 있는 잡초가 될 수밖에 없다.

우리는 내가 하고 싶은 일을 할 수도 있고, 내 꿈과 전혀 다른 일을 하면서 살아갈 수도 있다.

내가 하고 싶은 일을 하던지, 내 꿈과 전혀 다른 일을 하던지 간에 최선을 다하여 성실히 일을 수행해나간다면 그 성실성이 뿌리 뻗은 만큼의 결과물의 가지가 뻗어 열매가 열고 향기롭게 익어 가리라 생각을 한다.

아들이 올려주는 결혼식

"오늘 결혼하시는 분 나이가 많은 신랑 신부예요."

웨딩홀 예약실에 들어갔을 때 예약실장이 오늘 신랑 신부에 대한 말을 간단히 해주었다.

"얼마나 많은가요. 마흔 넘었는가요."

대수롭지 않게 내가 말을 받았다.

"아녜요. 그보다 많아요. 올해 예순한 살 회갑이래요."

"그래요. 그럼 나와 비슷한 나이의 신랑 신부에게 무슨 말을 어떻게 해주어야 하지요."

속으로 난감한 생각이 불현듯 스쳐갔다.

"그냥 축하한다는 말 몇 마디 해드리면 될 것 같은데요."

예약실장의 말을 듣고 보니 그럴 수밖에 없다.

"그렇게 늦게 결혼할 리는 없고 재혼인가요."

"아니 살다가 하는 결혼인데요. 결혼식을 못 올리고 결혼해서 살았나 봐요. 자식들은 다 결혼해서 손자들이 몇 되는 데, 자식들이 오늘 회갑잔치를 하면서 드레스 입혀드리려고 결혼식과 회갑잔치를 함께 한다고 하데요."

2층 예식홀에서 결혼식을 하고 3층 피로연장에서 회갑잔치를 하는 순으로 행사는 진행되었다.

주례사는 축하한다는 말과 함께 여태까지 살아온 연륜과 경험을 주춧돌 삼아 행복과 사랑의 궁궐을 더 아름답게 지으시라는 내용으로 몇 마디 해드리고 끝을 맺었다. 그러나 그 속에는 진정으로 축복하는 마음이 의식과 무의식적으로 들어가 있었다고 나는 생각을 한다.

그분들 평생 행복 가득하기를 지금도 기원하고 있다.

주례를 서주고 와서 시 한 편으로 남기고 싶어 '아들이 올려주는 결혼식.'이란 제목으로 아래와 같은 시를 한 편 써 보았다.

아들이 올려주는 결혼식

정 하 선

- 나이가 좀 많은 신랑 신부예요.
주례 청탁을 받은 예식장의 예약실에 들렸을 때 실

장이 한 말이었다.

- 요사이는 나이 많은 신랑 신부들 많아요. 보통 40대도 많은 데요 뭘.

- 여기는 그보다 더 많아요. 올해 신랑신부 다 같이 육십 한 살이래요.

- 그러면 회갑, 늦게 결혼을 하시는 건가요, 아니면 재혼? 나는 재혼 주례는 반갑지 않은데요. 어쩌다 사별이면 몰라도 이혼하고 다시 재혼하는 사람들 다시 이혼할 가능성이 구십 프로거든요. 그건 그렇고 두서너 살 차이 나는 분들에게 무슨 말을 해드려요.

- 축사처럼 해드리면 될 것 같은데요.

화장하지 않은 늙은 주름이 화장하여 젊어진 두 주름에게 멋쩍은 주례사를 하였다, 금슬 좋게 잘 살라는.
결혼식 끝날 무렵 신랑님의 아들이라면서 인사말을 하겠다고 하였다. 아들 내외가 손자 손녀 데리고 나와 정중히 인사하고 인사말로 하는 말,

- 부모님이 가난한 가정에서 태어나 자라셔서 예식을 못 올리고 저희 낳아 기르시느라 써보고 싶은 면사포 못 써보시고 평생을 살아오셨습니다. 오늘

이 아버님 회갑 날입니다. 저희가 아버님보다 앞서 결혼식 올리고 아이 낳아 기르는 불효를 하였습니다. 늦었지만 오늘 여기서 결혼식 올려드리고 피로연 겸 회갑 상을 차려드리려고 합니다. 하객님들 행복하고 흥겨운 하루 되시길 바랍니다.

잔치상 뒤에 펼쳐놓은 병풍 속에서 주름이, 주름이 아닌 웃음의 하회탈이 더덩실 더덩실 춤을 추고 있었다.

벌

벌이 팔을 쏘았다. 따끔하다. 벌은 침을 박아놓고 날아
갔다.
침 끝에 꽁지의 하얀 살점이 달려있다. 나를 쏘고 날아
간 벌은 꽁지가 빠졌으니 이젠 생명을 다하고 어딘가 날
아가서 죽을 것이다.

나에게 침을 쏜 사람들 다 어디 가서 어찌 되었을까.

아니다. 내가 남에게 침을 쏜 일도 수없이 많을 것인
데…….

자락치마의 여백

도구통(절구통)도 치마만 두르면 예쁘다.

옛날에 할아버지들이 모여서 하시던 말씀들이다. 예쁘지 않은 여자는 이 세상에 없다는 말이다, 남자의 눈에는.

순천역에 내려서 계단을 내려가는데 마를린 먼로가 갑자기 바람에 날리는 치마폭을 잡고 놀라는 모습의 커다란 그림이 실물처럼 눈에 들어왔다. 재미있다.

남자가 남자를 잘 생겼다고 생각하는 남자들은 별로 없다고 한다. 여자들이 저 여자 참 예쁘다고 부러워하는 여자들은 많다고 한다. 종족보존 본능으로 볼 때 남자는 동물학상 힘이 좋아야 한다. 여자는 동물학상 예쁘게 생겨야 한다.

동물적인 본능인가 예쁘게 보이려는. 요즈음 길거리에 나가보면 날씬한 키에 겨우 가려야 할 부분만 가린 초미

니스커트의 여자들이 길을 메운다. 남자들의 눈이 의식적으로 거부를 한다고 해도 여자들의 육체가 남자들의 시선을 저절로 잡아당긴다. 왜무처럼 쭉 빠진 아름다운 여자들의 다리를 보면서 어떤 남자가 눈을 뒤로 돌리려 하겠는가.

돌부처라 해도 아닌 척 못 본 척, 눈 감은 듯 실눈을 뜨고 아름다운 여인의 모습에 마음을 빼앗길 것이다. '부처님은 왜 실눈을 뜨고 있습니까.' 하는 말에 '아이 가지러 불공드리러 오는 여자 보려고.'라는 유머가 있다.

노출을 많이 하는 것은 '내 다리가 예쁘다'라고 하는 자신감의 표현이라고 한다. 자신감의 표현이 되었든, 종족 보존 본능이 되었든 간에 여자들의 노출은 남자의 눈을 부르고 충동을 일으키게 하는 것은 확실하다.

이런 연유에서는 아니겠지만 요사이 성적인 과오를 저질러서 법적인 처벌은 물론 사회적인 지탄을 받아 인생의 낭패를 보는 사람들이 심심찮게 매스컴을 탄다. 그렇다고 상대방의 여성들이 다 심한 노출을 하고 있었을까 생각해보면 그렇지는 않았을 것이다. 여인의 노출이 남자의 눈을 잡아당기기는 하지만 그건 충동을 불러일으키는 것일 뿐이다. 정말 아름답다 하는 마음을 갖게 하지는 못할 것이다.

진정한 아름다움은 은은한 아름다움이다. 오히려 감추는데서 아름다움의 향기가 나오는 것이 아닌가 하는 생각이 든다. 글에 여백을 두는 것. 마무리 부분에 결론을 물음표로 놓아두는 것. 아름다움은 훤히 들여다보이는 곳에 있는 것보다는 보이지 않는 곳에 숨어 있는 고움이 마음을 흔들 때가 많다. 마음속으로 '아! 아름답다' 하고 탄복을 하는 그런 아름다움은 감추는 데서, 살짝 보일듯 말듯 한 데서 더 크게 와 안긴다.

마를린 먼로가 치마를 잡고 있는 모습은 가리려 하는 모습이다. 가리려 하는 그 모습에서 우리는 매력과 재미를 느낀다.

자락치마를 입고 그 자락이 살짝 벌어질 때 속에서 하얀 속치마가 보이면 나는 가슴에 파도가 친다. 자락이 벌어지고 속치마가 보일 뿐 살은 하나도 안 보이는데…….

드러내지 않아서 감추어져 있어서 호기심을 더 자극하는 아름다움. 이것이 바로 여백이다. 결론을 말하지 않는 심미적 예술적 매력의 아름다움이다.

뜻이 조금 다르기는 하지만 도구통이 치마를 두르지 않으면 도구통일뿐이다.

2012. 2. 9.

이 시를 말하다

세한도

정 하 선

가려운
등 긁어 준
아내의 손이
소나무 한 그루

새삼스럽게 얘기할 필요는 없지만, 세한도의 탄생을 살펴본다.

안동 김씨 세도정치의 전략 다툼에서 사약을 받게 될 처지에 놓였으나 친구 조인영의 도움으로 죽음을 겨우 면하고 제주로 귀양을 가게 된 추사 김정희.

외롭고 쓸쓸한 고된 유배생활 도중 목숨을 걸고 찾아와 준 제자는 소치 허유와 역관 이상적 뿐이었다.

소치 허유는 추사 유배 기간 중 두 번 찾아와 글씨를 배웠고, 역관 이상적은 중국에 역관으로 가 있으면서 구하기 어려운 서적을 오랜 시간 애써 구하여 멀고 먼 제주도까지 두 번이나 찾아가 전해드렸다.

위험한 세상 죽음을 마다않고 스승과 제자의 도를 넘어 참 인간다움을 보여준 제자에게, 추사는 한 칸 초가에 갇혀버린 허름한 자신과 이상적의 변함없는 인품을 용비늘 소나무 한 그루로 그렸다. 그리고 추운 겨울이 돼야 소나무와 잣나무의 시들지 않음을 안다는 공자의 말을 붙였다.

이 그림을 이상적에게 주었는데 이상적은 그 그림을 중국으로 가지고 가서 중국의 명문장가들에게 보이고 원그림의 몇십 배에 이르는 찬사의 글을 덧붙였다.

그 후 오랜 세월이 지나고 어떻게 소장을 하였는지 모르지만 일본 학자 후지스카 지카시가 소장하고 있는 것을 알고 소전 손재형 선생(전남 진도 출생, 1902~1971, 추사 김정희의 뒤를 이어 20세기 서예 최고의 거장)이 일본에 건너가 한 달간을 설득, 끈질기게 인수해 줄 것을 요구 1945년 파란만장 우여곡절 끝에 국보 180호로 지정 보관하게 되었음을 여기 간단히 적는다.

어느 날 등이 가려워 아내에게 등을 긁어 달라 하였다. 가려운 곳 잘 찾아 등을 긁어 준 아내의 손이 마치 소나무 껍질 같이 거칠었다. 함께 살아오면서 좋은 일 궂은일 온갖 풍상 다 겪어 소나무 껍질 같이 거칠어진 손, 하지만 길고 긴 세월 변치 않은 따뜻한 정이 느껴졌다.

부부이긴 하지만 추사 김정희가 제자 이상적에게서 느낀 변함없는 사제지간의 정이 생각났다. 추사가 제자 이상적에게 그려 준 소나무 한 그루. 아내의 손과 뭐가 다른가. 소나무 껍질처럼 거칠어졌지만 변함없는 마음.

부부는 부부이면서 연인이고 연인이면서 스승과 제자이고 스승과 제자이면서 누님이나 어머니 같고 오빠나 아버지 같은 존재가 아닌가.

세한도는 국보 180호다. 아내의 손은 국보는 아니라도 우리 집 가보 1호다. 내가 팔불출의 못난 놈이 되어도 좋다. 아내의 손이 없으면 우리 가족이 어찌 지금 이렇게 건강하게 따뜻하게 살 수 있었겠는가.

처음 이 시를 썼을 때 이렇게 썼다.

가려운 등 긁어주는
당신의 손이
소나무 한 그루

그런데 민조시 가락에 맞추노라고 서두의 시로 약간 바꾸어서 개작을 하였다. 먼저 쓴 시보다 발표한 시가 음률에서 유연성이 조금 떨어진 것 같기도 하다.

언젠가 다시 고칠 수도 있을 것이라 생각한다, 더 좋은 생각이 떠오르게 되면.

행복의 향기를

2014년 9월 30일 오전.

인천법원에 전세보증금 배당되어 있는 돈을 찾기 위해 가는 길.

송도행 111-2번 버스를 탔다.

차에 오르면서 혹시나 잘못 탔나 싶어

"기사님, 인천법원 갑니까." 하고 물어보았다.

"네, 이곳에서 법원 가는 버스는 이것밖에 없어요."

기사님은 친절한 목소리로 말해주었다.

그때는 무심코 듣고 넘겼다.

가는 도중 어떤 여인이 타면서 ○○ 가느냐고 물었다.

"네, ○○ 정류소에서 내리셔서 ○○ 쪽으로 조금 가면 됩니다. 거기 다 가서 다시 말씀드릴게요. 편안히 앉아가 세요."

기사님의 목소리는 친절함과 부드러움으로 쓰인 진실하고도 아름다운 시 같은 목소리였다.

몸이 불편한 할머니가 오르자 천천히 올라오시라고 안도의 편안함을 주었다.

가면서 '이 기사님은 참 친절하시구나' 하는 생각이 저절로 들었다.

나는 대중교통을 많이 이용하는 편이다.

기차나 전철은 물론, 마을버스나 광역버스를 많이 타는 편이다.

기차나 전철은 잘 모르지만 간혹 타는 택시나 관광버스의 기사님들은 친절하다는 것을 항상 느낀다. 광역버스나 마을버스기사님들은 친절한 분도 가끔 있지만 거의가 불친절하다는 생각이다. 나의 편견인지는 모르지만.

하루 종일 운전하다 보면 지루하고 많은 사람을 상대하다 보면 마음에 맞지 않는 사람을 만날 때도 있어서 자신도 모르게 불친절해질 수도 있을 것이다. 하는 생각을 하면서도 내 머리 속에는 버스기사들은 거의 불친절하다는 생각이었는데…….

기사님은 석바위를 조금 지나고 주안 남부역을 지난 다음 신호를 받고 멈추어 있는 사이에

"승객 여러분 오늘은 웃음 잃지 말고 모두 용기를 내어 행복 가득한 하루 되시기를 바랍니다."

하는 내용의 말을 하여 주었다. 좀 더 긴 내용의 말이 있었는데 이 글을 쓰는 지금은 자세히는 생각이 나지 않고 대체적으로 위와 같은 내용의 말이었다.

승객들은 박수로 화답을 했다.

조금 우울해 있던 내 마음이 순간 확 밝아지는 느낌이 들었다.

내릴 때 '기사님, 감사합니다'하는 말이 저절로 나왔다.

내려서 버스 번호를 적었다.

송도행 111-2번, 인천 72 바 1547번 버스였다.

승객에게 친절함은 물론 행복의 말을 전해준 기사님, 다시 한번 고맙다는 말씀을 마음속 깊이 전합니다.

견디며 사는 나무

견디며 사는 나무

정 하 선

견디면서 사는 것
산다는 것은

돌산을 오르면서 길가에
수많은 사람들 잡고 올라 시달려
제대로 크지도 못하고 시달려
공이 박히고 상처 난 나무

돌산도 길가에 왜 하필이면 태어나서
싯가시는 사람은 왜 이리도 많은가

그래도 살고 있다

살아야 한다
산다는 것은
견디면서 사는 것

다들 어렵다고 한다.

다들 힘들다고 한다.

산에 오르다 길가에 서있는 나무를 보았다. 사람들이 올라가면서 내려가면서, 미끄러질 가 봐 잡고 오르내려서 몸이 나무 모양이 아니고 마치 지팡이 모양이 되어버린 나무를.

온몸이 공이 투성이다.

큰 나무들은 잡기가 힘이 들다. 큰 나무들은 뿌리가 깊다. 사람들이 잡기가 힘이 드는 까닭에 잡지 않는다. 아니 잡을 엄두를 못 낸다. 뿌리가 깊기 때문에 바람이 불어도 큰 태풍이 불어와도 조금 흔들리다 만다.

산길, 오르막 길가에 서있는 나무들은 비옥한 땅의 큰 나무가 부럽다.

큰 나무가 작은 나무를 보호해 주어야 한다고 사람들은 생각을 한다. 말을 한다.

작은 나무가 있어야 큰 나무도 살아갈 수 있는 건강한 숲이 된다고 말을 한다.

세상 돌아가는 이치가 그렇다고 하여도 실제 돌아가는 모양새는 그렇지 않다.

작은 나무는 큰 나무를 쳐다보기만 할 뿐 막막하다.

큰 나무는 바람막이가 되어주지 못한다.

큰 나무는 햇볕과 물을 더 많이 가지려고 뿌리와 가지와 잎을 작은 나무의 근처까지 쭉쭉 뻗어온다. 거대한 힘으로 침범해 온다.

작은 나무는 힘이 없다.

그저 막연히 아니 묵묵히 견디면서 사는 수밖에는.

작은 나무도 언젠가 큰 나무가 될 수 있을 거라는 희망 하나를 가지고.

3

그 일은 반드시 누군가 해야 한다.
국가를 위해서 후대를 위해서

담배

담배값을 2,500원에서 4,500원으로 대폭 인상할 방침이란다. 아직 확정된 것은 아니지만 거의 확실하다. 금연의 효과가 클 것이라고 한다. 돈이 많지 않은 청소년들의 금연에 크게 기여할 것이란다.

저소득층에서 담배를 많이 피운다. 건강이 해로워지면 의료비가 많이 들어서 저소득층이 더 힘들어 지는데 저소득층의 의료비에 긍정적인 효과가 크게 나타날 것이란다.

비싸지면 아무래도 덜 사서 피울 것이라는 생각은 맞는 생각이다.

담배에 붙는 세금의 비중이 큰 만큼 정부의 세수확보에도 큰 도움이 될 것이다.

반면 반대하는 의견도 만만찮은 것 같다.

담배는 삶이 고달픈 저 소득층에서 많이 피우는데, 저

소득층에서 많은 세금을 걷어가는 것이라는 의견이다.

그도 맞는 말이다.

나는 담배를 평생 피우지 않고 살았다. 담배값이 오르든지 내리든지 나와는 무관하다. 하지만, 아들들이 담배를 피운다. 담배를 피우는 것을 한 번도 본 일은 없지만 피우는 모양이다. 담배는 끊어야 한다고 에둘러 말을 몇 번 했지만 소용이 없는 눈치다.

이제는 포기하고 끊으라는 말도 하지 않는다.

담배값을 많이 올리면 그 애들이 담배를 끊을까? 아니면 소득도 적은 애들이 담배도 끊지 못하고 담배값 지출만 늘어나는 것은 아닌지. 우산장사와 짚신장사를 둔 부모의 마음이 된다.

다행히 끊으면 좋으련만.

담배를 끊게 하는 것은 가격의 위협으로 효과를 얻을 수도 있겠지만 그보다 더 중요한 것은 본인이 가져야 할 결단력이라고 생각한다.

가격으로 따진다면 커피 한잔 값이 보통 5,000원 정도 한다.

커피 한잔 값이 5,000원이면 밥 한 그릇 값인데 하는 나의 생각은 고리타분한 늙은이 생각이다.

젊은 사람들은 식사 후 커피 한잔 마시는 것은 식사 후 숭늉 마시는 것보다 더 쉽게 생각한다. 기본으로 생각한다.

담배값이 4,500원으로 오른다고 끊을까?

아예 올리려면 5만원 아니면 10만원 정도로 올리면(참고로 영국은 담배 한 갑에 23만원 정도라고 한다) 많이 끊을 것 같다는 생각도 든다. 그것도 찔끔찔끔 올리면 적응이 되어서 효과가 적을 것이다. 단번에 큰 충격을 주면 많이 끊을 것이라는 생각이 든다.

애연가나 담배농사를 짓는 사람, 담배장사에겐 미안한 생각이지만 내 아들들을 생각해서 하여 보는 지극히 사적이고 개인적인 생각이다.

사형장에 선 사형수에게 사형집행관이 물었다.
"마지막으로 담배 한 대 피우실래요."
"아녜요, 담배는 건강에 해로워서요."

장수촌 취재를 간 기자가 백 살 된 할머니에게 물었다.
"할머니, 건강에 제일 해로운 게 뭐라고 생각하세요?"
"그거 담배야, 담배."
"할머니는 평생 담배 안 피우셨어요?"
"아냐, 피웠지, 하루 두 갑씩."

"그럼 언제 끊으셨어요?"
"작년에 끊었어."

　담배가 해롭다는 것은 이런 유머가 아니라도 객관적으로 여러 매체를 통해서 인정이 된 세상이 되었다.
　담배값 인상을 핑계로 내 아들들을 비롯해서 많은 사람이 금연을 하였으면 좋겠다는 생각을 해 본다.

　세상에 제일 중요한 것은 외부적인 요인보다는 내 가슴속에 있는 결단력이다. 하는 말을 한번 더 덧붙인다.

노인 성 피해 예방

복지관에 유아 강사 모임이 있는 날이다.

계양경찰서 가족계에서 나온 강사가 노인 피해예방에 대한 강의를 하였다.

첫 번째는 노인을 상대로 한 사기에 대한 강의다.

주 내용은 세상에는 공짜 점심은 없다는 것이다.

공짜로 무엇을 준다고 하면 그곳에는 절대 가지 않는 것이 좋다는 것이다.

화장지 등 몇 천 원짜리 생필품을 주고 사람을 모이게 한 다음, 몇 만 원짜리 건강보조기구나 건강식품 등을 몇 백만 원에 파는 사기에 걸려들 수 있다는 것이다.

두 번째는 노인 성 피해 예방에 대한 강의였다.

여자 노인 혼자서는 어두운 곳이나 으슥한 골목길은 가

급적 다니지 않아야 한다는 것이다.

　여자 노인이나 아이들을 상대로 성범죄를 저지른 사람들은 아이나 노인이 좋아서라기보다는 여자 노인이나 아이들은 힘이 약해서 만만하게 보기 때문이란다. 대항하면 생명을 위협받을 수도 있으니 각별히 주의하는 것이 좋으며 핸드폰 단축버튼 1번에 112 전화번호를 입력해 놓는 것도 잊지 말라는 내용이다.

　남자 노인들은 아이들 엉덩이 두들겨주거나 고추 보자고 하면 안 된다는 내용이다.

　옛날에는, 아니 수년 전까지만 해도 아이들 고추 좀 보자고 만지는 것은 아무 일 없는 시대였는데 지금은 안 되는 시대라는 것이다.

　아이들이 예쁘다고 남의 아이를 안아준다는 것이나 만져보는 것도 가급적 삼가는 것이 좋다는 내용이다.

『 자택이 강남인 70대 노인 한 분이 퇴근길 전철을 타고 잠실역에 도착, 내릴 채비를 했다. 그날 야구 경기가 있는 날이어서 차 안은 많은 승객으로 붐볐다. 사람들을 비집고 내리려다 출입문 있는 쪽에 서 있던 한 여자와 불가피한 신체접속이 있었다. 여자가 성추행으로 고소를 한 것이다. 억울함을 호소했으나 재판에서 누명을 벗기까지는 8개월이 걸렸다. 』

는 기사를 어디선가 본 기억이 떠올랐다. 이런 일은 누구에게나 허다하게 일어날 수 있는 일이다.

상대방이 고의인지 아닌지를 알 수 없는 데다가 감정적으로 몰고 가면 무고한 피해자만 상처가 깊어질 수 있다는 것이다.

사회적으로 너무나 민감한 사항이다.

참외밭가에서는 신발 고쳐 신지 않고 배나무 밑에서 모자를 고쳐 쓰는 일이 없도록 항상 조심에 조심을 기울이는 수밖에는 없다.

출퇴근 시간 전동차 안은 몸조차 움직이기 힘들다. 이런 상황에서는 가만히 있어도 밀치고 밀치는 판국이 된다. 전동차가 조금만 흔들려도 서로 부대낄 수밖에 없는 상황이다. 그런데 몸이 서로 조금 접촉되었다고 성추행으로 몰아간다면 얼마나 억울한 일이 되겠는가. 여자들도 조금 냉정하게 생각을 하여야 할 일이다.

서로 상대방을 조심하여야 할 것이라며 어느 정도는 이해를 하여 주는 그런 마음가짐을 가지는 것이 더 좋은 세상을 만들어가는 지름길이 되리라는 생각을 해 본다.

단통법, 쉽게 하면 안 되는가

핸드폰 때문에 며칠간 곤혹을 치렀다.

먼저 번 쓰던 핸드폰 약정기간이 10월 22일로 끝이 났다. 그대로 쓰려고 했는데 배터리 2개가 다 부풀어 올라 다시 사야 했다. 서비스센터에 가니 배터리 한 개에 23,000원이라고 했다. 두 개를 사면 46,000원. 그럴 바에는 다시 구입을 하자, 하고 핸드폰 가게를 몇 군데 다녀 보았다.

단통법 때문이라고 가격이 예전보다 많이 비쌌다. 통신비도 예전보다 비싼 느낌이 들었다. 예전 같으면 핸드폰을 무료로 주고 통신비만 내게 맞는 약정을 하면 되었는데 무료 핸드폰은 이제 없었다. 예전에 핸드폰 대리점에 가면 있던 중고폰도 이제는 없었다.

몇 군데 다녀보다 포기하고 예전에 쓰던 스마트폰을 그대로 쓰기로 하였다. 배터리 한 개를 우선 구입을 했다.

우체국에 편지를 부치러 갔다가 알뜰폰 창구가 있기에 바꾸어보려고 신청을 하면서 스마트폰은 그대로 쓰고 요금제만 신청을 했다.

월 8,000원에 음성 100분, 문자 100건, 데이터 100hm의 요금제가 있어서 그 정도면 나에게 적당하지 싶어 신청을 했다. 사실 나는 핸드폰 사용량이 그리 많은 편은 아니다.

뒷날 유심카드가 왔기에 끼웠으나 내 핸드폰은 유심인식이 안 된다는 문구가 화면에 떴다. 우체국에서 분명히 기기모델번호 등을 확인했는데 이상하다. 옛날에 쓰던 폴더폰이 있어서 끼워 보니 거기에는 인식이 되었다. 내 핸드폰이 불량이란다. 여태 이상 없이 사용을 했는데. 서비스센터에 갔더니 직원이 테스트를 해보고 유심카드가 불량이라고 하였다. KT에 가서 다른 유심카드를 9,900원에 사서 교체를 하고 다시 변경 신청을 하였다. 잘 되었다. 그런데 4,5일 되었을까 다시 유심카드 인식이 안 된다고 화면에 알림 문자가 뜨고 기능이 불통이 되었다.

할 수 없이 급한 대로 옛날 쓰던 폴더폰에 유심카드를 끼워 넣고 KT에 변경 신청을 하고 우선 쓰기로 했다.

다시 옛날에 쓰던 SKT유심카드를 스마트폰에 끼워 넣어 보았다. 인식이 되는데 KT유심은 안 되는 것이다.

핸드폰 제조사에서 핸드폰을 만들 때 어떤 것은 KT에, 어떤 것은 SKT에, 어떤 것은 U플러스에서만 쓸 수 있도록 맞춤으로 만들었기 때문인 것 같았다.

통신사와 제조사가 많이 팔아 수익을 올리기 위해서 만든 상술일 것이다. 새 핸드폰을 사려면 핸드폰을 바꾸는 대신 통신사도 바꿔야 무료 혜택을 주었던 것이 생각이 나고 짐작이 가는 대목이다.

국회에서 통신 보조금을 소비자에게 골고루 가게 만든다면서 단통법(이동통신단말기 장치 유통구조 개선)을 만들었다.

자세한 법 내용은 모른다. 들쭉날쭉한 보조금을 27만 원으로 통일을 해서 번호이동, 신규가입, 기기변경 등과 가입기간이나 요금에 상관없이, 또 나이나 지역에 상관없이 동일한 혜택을 준다는 취지 하에 만들어진 법이라는 것만 지상이나 방송을 통해서 짐작을 한 정도다.

결과는 소비자의 체감 상 가격이 많이 올랐다는 것이다. 대다수 국민의 원성이 높다는 것이다. 이런 법이 국회의원 대다수 찬성으로 통과가 되어서 법 시행에 들어갔다는 것이 이상하다. 국민의 시각 따로, 의원님 시각 따로라는 말인가.

내 좁은 소견으로는 그 어려운 단통법이니 하는 법보다

는 다음과 같은 쉬운 법을 차라리 만들었으면 어떠하였을까 하는 생각이 든다.

제조사와 통신사가 연결되어서 만드는 핸드폰의 고리를 차단하는 것이다.

자동차 회사가 아무 도로나 갈 수 있는 차를 만들듯이 제조사는 핸드폰만 만들면 되는 것이다. 자동차가 도로 통행료까지 연결해서 받지 않는 것처럼 말이다. 옛날 집 전화기처럼, TV처럼. 제조사는 물건만 만들고 통신사는 통신료만 받고 그에 응당하는 통신서비스만 제공하면 되는 것이다.

아무데서나 핸드폰 사고 내 마음대로 아무 통신사나 계약을 해서 사용하는 그런 간단한 원리. 즉 지금의 집 전화 같이 아주 쉽고 간단하게 소비자인 국민이 사용할 수 있는 법을 만들면 되는 것이다.

이런 쉬운 길을 마다하고 머리 좋고 학벌 좋은 의원님들은 항상 어렵고 이해가 잘 안 가는 법만 왜 만드는지 이상하다.

한 가지 제안을 덧붙인다면 배터리 역시 음료수나 술병의 병뚜껑처럼 크기를 동일하게 만들었으면 한다.

어느 회사에서 만들었든지 간에 배터리를 다른 회사에서 만든 폰에도 쓸 수 있게 규격을 통일하는 것이다.

용량 때문에 곤란하다면 크기를 대·중·소로 구분을

하고, 두께를 대·중·소로 구분을 해서 규격을 맞추면 될 것이다. 배터리 역시 납품하는 회사가 따로 있을 것이다. 공급받는 회사의 요구조건에 따라 크기를 다르게 하리라 생각을 한다.

이런 점들을 소비자를 생각해서 의회에서 법을 만든다면 얼마나 좋을까 하는 생각에서 제안을 해보는 것이다.

스마트폰 폭탄요금의 함정

전화요금 통지서를 보고 깜짝 놀랐다.

집사람 10월 전화요금이 다른 때의 4배가 부과되어 있었다. 집사람은 핸드폰을 많이 쓰지 않는다.

나와 통화를 하거나 아이들에게 통화를 하는 게 고작이다. 아는 친구들과의 통화는 주로 집 전화를 쓰기 때문이다. 또는 가게에서 둘이 다 생활을 하므로 가게 전화를 많이 쓴다.

통신사에 전화를 했더니 통화기록을 보아야 안다고 했다. 통화기록을 보기 위해서는 '주민등록증 복사'와 '통화조회 내력 신청'을 해야 한다고 했다.

필요하면 팩스로 '통화조회 내력 신청서'를 보내준다고 하였다. 팩스가 없다고 메일로 보내주라고 하였다. 메일로 신청서가 왔다. 스캔을 해서 다시 메일로 보냈더니 통화기록이 왔다. 수신통화기록은 불가능하고 발신통화기록

만 왔다. 통화기록은 등기나 메일로는 보낼 수 없다고 팩
스라야 된다고 했다. 문구점에 가서 2000원을 내고 팩스
를 받았다.

통화기록을 확인해보니 3시간 통화기록이 한 건 있었
다. 그것 때문에 요금이 많이 나온 것이다. 그 통화는 나
에게 한 통화여서 나의 핸드폰 기록을 보았더니 내 핸드
폰에 3시간 몇 분 수신전화 내력이 찍혀 있었다.

나나 집사람은 전화를 오래 하지 않는다. 거의 1분을
넘기지 않는다. 더군다나 나와의 통화는 완전히 사무적인
통화처럼 한다.

그런데 3시간이라니 어이가 없었다. 상식적으로 생각해
도 3시간을 통화를 한다고 생각을 해 보자. 그게 가능한
지.

실수로 전화요금폭탄을 맞은 것이다. 전화를 하고 양쪽
다 종료 버튼을 누르지 않고 전화를 끊은 것이 화근이
된 것이다. 나 같은 실수로 알게 모르게 통화료를 많이
내는 사람이 수도 없이 많을 것 같다는 생각이 들었다.

폴더폰은 뚜껑을 덮으면 종료가 되는데 스마트폰은 종
료를 누르지 않으면 통화가 끝나도 계속 통화로 되는 모
양인데 거기에 걸려든 것이다.

가입국인 △△통신사에 전화를 해서 실수로 그리 된 것
아니냐, 예전에 쭉 써 왔던 기록과 대조를 한 번 해보고
감면을 좀 해주면 어떻겠느냐고 했더니 내가 실수를 한
것이니 해줄 수 없다고 냉정하게 딱 잘랐다. 계속 전화해
보아야 내 전화비와 시간만 허비할 것 같아 포기를 했다.

　예전에 내 핸드폰이 두 번 그런 일이 있었다. 한 번은
○○통신사다. 전화요금에서 반액 할인을 해주어서 큰 바
가지를 모면한 일이 있었다. 한 번은 대리점을 찾아가 확
인해 보라고 했다. 며칠 기간이 있는데 넘으면 안 된다고
하였다. 거리가 먼 곳에 있었고 시간이 없어서 6만원 정
도를 포기하고 말았다. 평소의 6배 요금 바가지를 쓴 것
이다. 가만히 생각해 보니 번호를 이동하여 다른 통신사
로 바뀌는 달에만 이런 일이 일어난 것이다. 평소에 이런
일이 있었다면 실수이겠거니 하겠지만. 어쩌면 조작을 하
여 바가지를 씌우는 것이 아닌가 하는 생각이 든다. 확인
할 방법이나 증명을 할 방법이 없으니 어떻게 해 볼 도
리가 없다. 하지만 물증은 없어도 심증은 확실하다는 생
각이 든다. 이번 △△통신사는 내야 된다고 인정머리 없
이 딱 잘랐다.

　신문을 보니 해외에 나갈 일이 있을 때 데이터를 전혀

쓰지 않는다면 이통사에 데이터 차단 서비스(무료)를 신청해야 한다고 한다. 잘못하면 국내 요금보다 200배를 물어줄 수 있단다. 데이터로 해외에서 각종 정보를 검색할 수 있어 유용하기도 하지만 국내보다 최대 200배 비싼 사용료가 부과되는 곳도 있어 주의해야 한다고 한다. 출국 전 데이터로밍 기능을 막아두거나 공항 내 각 이통사 로밍센터 등에서 데이터로밍 차단 서비스 신청을 하면 된단다. 해외 데이터로밍을 이용하더라도 앱, e메일의 자동 업데이트 기능을 차단해 놓으면 데이터 사용료를 줄일 수 있단다. 위치 서비스가 작동하고 있어도 데이터 요금이 부과되므로 Gps설정도 해제를 하는 것이 좋단다.

편리함은 대대적으로 선전하지만, 작은 실수로 요금폭탄을 맞을 수 있다는 것에 대해서는 어떤 주의도 주지 않는 것이 우리나라 대기업들의 얼굴이다. 통신사뿐 아니라 대부분 업종이 거의 다 그러리라고 생각하고, 또한 체감하면서 우리는 살고 있다. 내가 미리 알고 대처하고 조심하지 않으면 사소한 부주의로 인해 크고 작은 손해를 면할 수 없을 뿐만 아니라 마음의 고통을 감내하여야 할 수밖에 없는 것이 자명한 현실이다.

만월을 채울 시시콜콜 얘기
서너 가지

- 시니어 부부가 원하는 것

◆ 여자가 원하는 것
1. 남편이 자기 주변의 일을 스스로 하고
2. 지역사회 친구들과 적극적으로 교류하며
3. 가사 분담해 주는 것(이것이 중요).

◆ 남자가 원하는 것
1. 아내가 건강하고 활기차게 생활하는 것.
2. 남편일 간섭하지 말고 자유롭게 해 주고
3. 자기가 좋아하는 일 찾아서 하는 것.

◆ 은퇴부부가 원하는 것

여자가 원하는 것 : 돈, 딸, 건강, 친구, 찜질방.

남자가 원하는 것 : 아내, 마누라, 애들 엄마, 집사람, 와이프.

여자가 반기는 것 : 아들, 엄마, 강아지, 택배 아저씨.

남자가 반기는 것 : 역시 아내.

◆ 나이 먹은 사람이 이해 못할 젊은 사람 행동

1. 아무데서나 서로 껴안고 쪽쪽쪽.
2. 상사나 선배에게 매몰차게 딱 자르는 것.
3. 천 원짜리 김밥 먹고 5천원짜리 커피 마시는 것.

◆ 젊은 사람이 이해 못할 어른의 모습

1. 종업원이라고 반말할 때.
2. 억지로 잔 돌리기.
3. 훈계나 과거 영웅담 늘어놓기.
4. 5천원 국밥 먹고 자판기 커피 마는 것.

위 사항을 참고 삼아 추석 만월을 채워보세요.

청계천 복원

청계천을 복원한다고 한다. 정부와 서울시의 발표에 찬
성하는 의견과 반대하는 의견이 대립하고 있다. 정부는
국민의 의견수렴보다 정책이나 선거공약 때문에 청계천
복원을 추진하는 모양새다.

청계천을 복원하면 무슨 이익이 얼마나 있어서 복원하
자고 하는지 알 수 없다. 엄청나게 많은 돈을 투자해서
청계천을 메우고 도로를 만들고 고가도로를 세운 지 얼
마나 되었을까. 삼사십 년? 정확한 햇수는 기억하지 못
하지만. 그걸 또 막대한 돈을 들여 뜯어내고 다시 도랑을
만든다고 한다.

서울에서는 청계천을 복원한다. **인천에서는 경인운하를
판다. 전국적으로는 4대강을 파내는 사업을 하는데 반해**
(볼드는 나중에 삽입한 부분임) 지방 도시들은 도심을 흐르는

도랑을 매립한다. 바다를 메워 거대한 간척지를 만드는 새만금 간척을 한다. 어떤 곳은 복원을 하고 어떤 곳은 다시 개발을 한다. 가지각색이다.

올해 큰 수해가 각 지방에 있었다. 피해가 큰 것은 하천의 흐름을 막거나 자연적 흐름의 상태보다는 인공적 강 변형 때문이거나 또는 주변 개발 때문이었다고 한다.

언제 다시 경인운하가 필요 없어질지 모른다. 언제 또 다시 땜으로 인한 피해를 걱정하고 간척지를 다시 바다로 만들자고 할지 모른다. 지방도시에서 메우고 있는 하천을 언제 다시 복원해야 한다고 할지 모른다.

나는 이런 생각을 해 본다. 한번 개발한 곳을 다시 예전대로 복원하기 위해서 막대한 재정을 투자할 것이 아니라 이미 개발된 것은 좀 불합리하더라도 그대로 유지하면서 환경이나 도로여건 국민생활여건을 고려하여 조금씩 좋은 방향으로 바꾸어나가되 아직 개발되지 않는 곳은 개발을 고려해서 원형의 자연을 보존하는데 중점을 두어야 한다고 생각한다. 복개된 청계천을 다시 파내고 도심을 흐르는 하천은 복개를 하는 이런 현상보다는 청계천은 그대로 두고 도심을 흐르는 소하천을 깨끗한 물이 흐르도록 하는 것이 좋지 않을까 하는 생각을 한다.

도시 주위를 흐르는 물이 죽어 악취가 풍기고 볼품 사납게 흐르는 하천들이 우리 주위에 얼마나 많은지는 세 살 먹은 어린아이들도 다 알 것이다. 이미 메워진 곳을 막대한 국고를 들여 복원을 하는 것보다는 악취를 풍기며 우리 주위를 흐르는 소하천들을 맑은 물이 흐르도록 정비하여 고기가 뛰놀고 어린이들이 뛰어 들어가 물놀이를 즐기는 하천으로 만들어야 한다. 서울시내만 하더라도 이런 작은 하천들이 수도 없이 많다.

정부나 지방자치단체들은 정책을 입안하여 입안한 지 5년이나 10년을 두고 타당성 조사, 환경조사, 국민여론들을 장기간 수렴한 뒤에 실행을 하여야 할 것이다. 서울시장은 강북권을 강남권 이상 가는 뉴타운 서울로 만든다고 한다. 마치 이 나라는 대통령이나 서울시장 혼자의 나라인 것 같다. 이런 사항을 선거공약으로 내걸었더라도 단지 이 공약 때문에 당선이 된 것은 아닐 것이다. 아직까지 국민들이 공약을 공약으로 알고 믿음을 가진 공약이 얼마나 있었던가. 좋은 공약을 내 걸었다 하더라도 공약이 입안이 되고 오랜 시간 검토하고 또 검토를 한 뒤에 시행을 해야 할 것이다.
적어도 수도 이전은 몇십 년 아니 몇백 년에 걸쳐서 해야 할 것이다. 뉴타운 개발도 적어도 10년 이상의 기간을 두고 연구하고 보안하여 천년 후에 보아도 그때 잘 했다고 할 수 있게 완벽하다고 판단이 날 때 실행을 하여야 할 것이다.

서울 시장에 당선이 되면 자기의 임기 4년 안에 서울을 어린이가 장난감 가지고 놀듯 바꾸려 애를 쓴다. 또 얼마 가지 않아서 다른 사람이 시장에 당선이 된다면 그도 또 그렇게 한다. 대통령도 마찬가지다. 임기 5년 내에 모든 것을 다 바꾸고 이뤄내려고 한다. 결과는 치적이 치적이 되지 못하는 데 있는 것이다.

대통령이나 시장에 당선이 되면 자기 임기 내에 모든 것을 다 이루려는 욕심을 버려야 한다. 하지 말아야 한다. 자기 임기 내에 입안한 것을 차기 물려받은 후임자가 국민들과 함께 다시 평가하고 잘 된 것이라 판단이 될 때 시작해도 늦지 않을 것이다.

짧은 시일 내에 후회하지 않는, 오랜 안목으로 보아도 잘 되었다고 판단할 수 있는 정책을 펼쳐나가는 대통령, 서울시장들이 되었으면 한다.

대관령 하늘목장

옛날에 원당 종마목장을 다녀온 일이 있다.

풀밭과 말과 하얀 목책 울타리가 다였다.

물론 말똥 냄새도 함께였다.

크게 볼 것은 없었다. 그런데도 다시 한번 가보고 싶은 곳이 그곳이다.

볼 것 많은 다른 관광지는 종마목장처럼 다시 가보고 싶다는 생각이 크지는 않다.

오늘 아침 신문을(중앙일보 2014년 8월 22일) 펼치자 시원한 목장 그림이 나왔다.

영화 '웰컴 투 동막골' 촬영지가 있는 대관령 한일 목장이 40년 만에 개방된다는 내용의 기사와 사진이었다.

기사 내용은 대략 이렇다.

'인구가 3000만 명을 넘었다. 인구증가율이 연 2프로를 넘는데 당면 문제는 식량문제다. 국토의 70프로가 산지인 우리나라, 대관령에 소를 키우는 목장을 만들면 서양 사람들처럼 우유도 마시고 소고기도 먹어 국민이 키도 크고 건강해질 것이다.'

72년 박정희 대통령이 대기업 회장들 앞에서 진심 어린 말로 한 말이다.

하지만 대관령은 땅이 척박하고 800m 이상 고지대다. 풀도 잘 자라지 않아 개발이 어려운 지역이다. 그렇다고 대통령의 말을 거역할 수는 없었다.

대관령 일대 천만 평 중 600만 평은 삼양그룹 고(故) 전중윤 회장이 맡고 300만 평은 한일시멘트 고(故) 허채경 회장이 맡았다. 나머지 100만 평은 개인이 나눠가지고 목장 개발을 하기로 하였다.

삼양식품은 라면을 만드는 식품회사이므로 이해가 갔으나 한일시멘트가 목장사업을 한다는 것은 이해가 안 갔다. 시멘트 회사와 목장사업은 연결 지어 생각하기 어려운 일이었다.

허 회장은 회고록 『내일을 생각한다』에서 이렇게 적었다. '대관령을 개발해야 한다는 대통령의 뜻을 나는 이해할 수 있었다. 그 일은 누군가 반드시 해야 할 국민적 과업이라고 생각했다.'

72년 당시 대관령은 돌과 잡목투성이의 황무지였다. 손으로 돌을 고르고 잡목을 베고 하는 식의 개발을 하지 않을 수 없었다.

삼양목장이 먼저 개발을 시작했다.

한일시멘트 허 회장은 고민이 생겼다. 대관령 목장의 전망이 흐려 이사회의 승인이 쉽게 나지 않는 것이 문제였다. 허 회장은 결국 강남 일대 개인 부동산을 팔아 회사와 절반씩 투자하는 방식으로 74년 목장사업의 회사를 차렸다.

허 회장은 목장에 수시로 머물며 직원들과 함께 돌을 고르고 잡목을 베고 풀을 심어 초원을 가꿨다.

2005년 타계한 허 회장의 묘소도 고인의 뜻에 따라 목장 안에 마련되었다.

삼양목장은 90년대 후반 개방해 2000년대 초반 입장료를 받기 시작하였다. 지금은 입장객이 연 백만 명을 헤아린다고 한다.

한일목장은 선대회장의 남다른 애정 때문에 개방을 하지 못하다 올해 9월 1일부터 '대관령 하늘목장'이란 이름으로 개방을 한다고 한다.

한전 부지 입찰

삼성동 한전 부지 매각 입찰에 현대차가 낙찰되었다.

감정가 3조 3천억 원이었다. 예상은 4조억 원은 넘을 것이라는 예측이었다.

현대차와 삼성이 참여할 것이라 하였다.

삼성전자 측에서는 5조 원을 써내도 아깝지 않은 땅이라고 말했다.

현대차 실무진도 4조 4천억 원에서 5조 1천억 원까지의 카드를 제시했다.

현대차 정몽구 회장(76)은 직접 금액을 불렀다.

"10조 5500억 원"

아무도 예상 못한 일이었다. 부지 7만 9342m2 1평당 4억 3880만 원이란다. 세금 개발비용을 합하면 실질적인 가격은 평당 6억 원이 넘을 거란다. 의지의 10조 원이 현실의 10조 원이 될 수 있었던 데는 땅 주인이 누구인가가 작용했다.

이 땅은 공기업 한전 소유다. 나라 땅이다. 그 돈을 개인이 챙겨가는 것이 아니다. 한전 부채는 58조 원이다. 결국은 못 갚으면 국민 세금으로 내야 한다.

한전 관계자는 매각대금을 부채감축에 우선 투입할 것이라고 했다.

서울시에 5000억 취득세를 낸다. 기부채납으로 땅의 40프로를 내야 한다. 땅이 아닌 돈으로 내면 낙찰가가 아닌 감정가(3조 3천억)의 40프로인 1조 3000억 원이다. 개발비용까지 합하면 15조 이상이 들 것이라고 한다.

현대차와 기아차, 그리고 현대모비스에 쌓여 있는 돈이 30조 원이라고 한다. 세 회사의 돈으로 충분하다고 한다. 그래도 너무 비싸게 샀다고 주가가 7퍼센트 하락했다. 승자의 패배라고 하였다.

그러나 정 회장은 앞으로 100년 후를 내다보고 투자한 것이라고 하였다.

맞다, 내가 꼭 필요하면 남보다 더 주고 사야 한다.

4
바다는 온통 꽃밭이었다

바늘

바늘이 없다. 흔적도 없다.

방금, 옷 솔기 터진 곳을 꿰매다 화장실에 잠깐 다녀와서 보니 없다. 어디로 갔는지.

옷을 조심조심 살펴보아도 없다. 옷을 털어보아도 없다. 실 자국을 찾아보아도 없다.

실뱀장어가 되어 공중을 물로 알고 하늘로 하늘하늘 헤엄쳐 갔나. 별똥별이 되어 여름 밤하늘 허공 중에 비스듬한 선 하나 빠르게 그으며 사라져 갔는데 내가 그 순간을 놓쳤나. 실뱀이 되어 아주 작은 몸으로 방문 틈을 빠져나가, 꼬리를 촐랑촐랑 좌우로 흔들며 뜰을 지나고 대문 문턱 밑으로 기어나가, 돌담을 타고 민들레 사이로 숨어서 이웃집으로 마실이라도 갔을까. 실에 묶여 있는 코뚜레를 빼버리고 애틋이 그리워하든 짝이라도 찾아 간 걸까. 아님, 바늘귀신이 되어 TV 애니메이션에나 나올 법한 몸으로 변해 눈 하나로 천 리를 보며 한 다리로 폴 짝폴짝 뛰어서, 옛날 내가 살다온 시골마을로 고향 나들 이라도 간 것일까.

뒷집 다리 아픈 할머니의 버선이라도 기워 주러 간 것일까. 옆집 금순이 엄마의 터질듯한 앞가슴을 덮어줄 단추라도 달아 주러 간 것일까. 키가 작달막하여 더 예쁜 언니가 하고 있는, 마을 입구 양장점에 옷의 치맛단이라도 박아 주기 위해서 간 것일까. 그 뒤쪽 작은 한복집에 저고리 붕어소매의 동그랗고 넉넉한 곡선이라도 잡아 주기 위해서 나간 것일까.

참, 이 놈 작은 놈이 오지랖도 넓구나.

귀에다 실 한 줄만 꿰어주면 만물을 창조하던 너의 그 뛰어난 기술을 가지고. 우리 집에 밤마다 모여들었던 아가씨들의 수틀에 송·죽·매·난이라도 치려고 옛날로 간 것일까. 금침 베개머리에 잔잔한 물결무늬, 한들거리는 수련 두어 송이 떠 있는 사이로 나란히 헤엄치는 원앙을 그리러 옛날로 간 것일까. 횃대보에 커다란 공작을 그리러 간 것일까. 책상보에 고목으로 피어나는 설중매라도 새기러 간 것일까.

내가 어렸을 적, 우리 집에는 머리를 궁둥이까지 땋아 내리고 머리끝에 예쁜 금박댕기를 찰랑하게 묶은 아가씨들이 모여들어 밤늦도록 수를 놓곤 하였다.

우리집은 마당이 넓고 방이 넓기도 하였지만 아버지가 안 계셔서 처녀들이 많이 모여들었다. 여름 낮에는 아주머니들이 하는 길쌈 품앗이꾼들이 모여 모시를 삼았다. 겨울밤에는 무명실을 감거나 잡담을 하거나 누워서 잠을 자며 밤이 이슥하도록 있었다. 명절 때면 서로 손을 잡고 원을 만들어 뛰어 돌며 마당이 꺼지도록 강강술래를 하였다.

저녁에 오는 처녀들은 밤늦도록 깔깔거리며 놀다 가기도 하였지만 거의 수틀에 수를 놓으면서 시간을 보내는 날이 대부분이었다. 우리집은 동네 여자들의 사랑방이기도 하였지만 저녁에는 처녀들의 사랑방이었다.

시집을 가면 원앙금침을 베고 누워 평생을 알콩달콩 살고 싶어 베개감에 원앙을 수놓는 누나, 옷 많이 걸린 가족들 만나는 다복한 꿈을 꾸면서 횃대보(옷 가리개)에 커다란 공작을 수놓는 누나, 공부 많이 하여 글 쓰는 신랑을 만나기 바라면서 팔꿈치 받침을 만드는 누나, 직장에 갔다 늦게 돌아오는 신랑이라도 만나기를 바라서 밥상을 덮어 놓고 기다릴 수복 상보감에 수를 놓는 누나, 양복 말끔히 차려입고 면사무소에라도 다니는 공무원을 신랑으로 만나는 꿈을 꾸며 양복 덮개에 수를 놓누나.

팽팽히 매운 수틀의 하얗고도 하얀 옥양목을 뚫고 올라

온 바늘에 꿴 색실이 부잣집 마당 앞뜰에 있을 모란을 활짝 피워주거나, 임금님 옥좌 뒤에나 앉을 봉황의 날개를 달아주거나.

밤새도록 고요롭고도 고요로운 적막을 깨뜨리는 숨소리와 바늘이 천을 뚫고 올라오는 소리. 그 소리들이 한 점한 점 찍혀 나가면 초꼬지 심지는 지루한 그을음을 천장에 올리면서도 몸을 가끔 흔들어 그 꿈이 이루어지기를 바라는 춤을 추어주던 밤. 팽팽히 매운 수틀의 탄탄한 바닥을 드나들며 바늘귀에 꿴 색실들이 행복을 짜 나가는 소리가 숨소리와 섞이어 적막에 점을 찍으면서 이어가다가도 어떨 때는 모두들 배꼽을 잡고 데굴데굴 구를 때도 있었던 밤. 그 누나들 지금 어디서 그 꿈 다 이루어 행복하게 살고 있을까.

그중에서도 꼭 얼굴이라도 한 번 보고 싶은 누나가 있다. 그 누나는 어디서 행복한 가정 이루어 오순도순 살고 있겠지. 우리 집 뒷집에 안갱이댁이라고 하는 노인 내외분과 함께 살던, 그분들의 외손녀인 인심이라는 누나다.

어쩌면 나와 비슷하여 아버지가 안 계시는 것인가. 알수는 없었지만 외갓집에 와서 나이 많은 외할머니 내외분과 같이 지내는 것 때문에 나는 그럴 것도 같다는 생각을 하였을 것이다. 여리고 여린 마음을 가진 것만 같던 누나. 다른 아가씨들에 비하여 키가 작고 몸이 비교적 약하였으며 얼굴이 둥글어 예쁜 누나였다. 풍문에 소식이라도 들었으면 하였는데 풍문도 들을 수 없었다.

내가 4학년 때인가, 인심이 누나는 나에게 분수를 가르쳐 달라고 했었다. 그걸 가르쳐 주자 한강이라는 노래를 가르쳐 준다며 따라 부르라고 했었다. 음치 중에 음치라 어디 노래방이라도 가면 가장 뒷전으로 숨어 앉아 있는 나에게. 그때는 몰랐지만 지금 생각하니 아마도 꾀꼬리가 까마귀 새끼에게 노래를 가르쳐 준다고 따라 하라고 하는 그런 꼴이었을 것인데. 그 모양을 그려보면 저절로 웃음이 입가에 서린다.

온갖 생각의 방정을 떨다 포기하고 일어서려는데 내 옷섶에 바늘이 찔려 있는 것이 아닌가.

"가긴 어딜 가요, 내가 주인을 두고. 빨리 실이나 꿰어 줘요. 나는 실이 없으면 못 사는 몸이라는 것을 잘 알잖아요."

하는 눈으로 나를 쳐다보고 있다.

오리

아내가 손바닥으로 방바닥을 탁 때린다.
한여름에 붉은 동백꽃이 두 송이 핀다.
한 송이는 방바닥에, 한 송이는 아내의 손바닥에.
"이 피 좀 봐, 얼마나 뜯어먹었기에 날지도 못하고."
얼마나 많이 뜯어먹었던지 날지도 못하고 검은콩이 되어서 둥글둥글 굴러가기에 때려잡았단다.
작은 놈이 너무나 욕심껏 많이 먹어 피가 꽃이 되었구나.

문득, 어렸을 적 생각이 떠오른다.
어느 날 아침에 일어나니 할아버지가 살아있는 오리를 한 마리 잡아가지고 오셨다. 논두렁에 가리 쳐(볏단을 길게 세움) 놓은 나락을 밤새도록 얼마나 많이 훑어먹었던지 날지도 못하고 있어서 산 채로 잡아왔다고 하셨다.

그날 저녁 우리 가족은 무를 넣어 끓인 오리국을 맛있게 아주 맛있게 한 그릇씩 먹었다.

탐관오리(貪官汚吏), 할아버지가 잡아 오신 오리처럼 욕심 많은 오리?

가축을 길러보면 오리같이 많이 먹는 짐승은 없다. 곡식이면 곡식, 야채면 야채, 물고기, 벌레, 가리지 않고 닥치는 대로 먹어대는 것이 오리다. 거기다 한없이 먹는 것이 오리다. 목구멍이 차도록 먹는 것이 오리다. 바로 탐관오리의 습성이다.

내가 살았던 곳은 바다와 가까운 곳이었다. 겨울철 바닷가에 가면 꼬막밭에서 오리를 흔하게 본다. 오리가 꼬막밭에 앉으면 꼬막을 통째로 주워 먹는데 어찌나 많이 먹는지 꼬막밭을 망쳐놓는다. 처음엔 그 단단한 꼬막을 어떻게 먹을까 의아했으나 정말 그렇다고 한다.

그런 오리를 잡으려다 너무 욕심을 부려 실패한 사람도 있다.

내가 살았던 이웃마을에 오리를 잡아 팔아 그 돈으로 생계를 이어가는 털보 영감이 있었다.

그는 길고 넓은 그물을 철사에 매달아 덫을 만들어놓고, 그 앞에다 나락을 뿌려서 오리를 유인해 오리를 잡았다. 움막 속에 숨어서 지키고 있다가 오리가 그물 속으로 걸려 들어올 정도가 되면 그물에 매 놓은 철사를 당겨 그물로 오리를 덮어 씌워 잡았다.

하루는 오리떼가 날아와 앉았는데 어림잡아 백여 마리될 것 같더란다. 오리들이 그물을 채면 거의 다 잡힐 위치에 들어왔는데 딱 한 마리가 들어오지 않아서 그 한 마리가 들어오면 모두 다 잡으려고 기다리고 있는데, 그때 어디서 나타났는지 개 한 마리가 뛰어오자 다 날아가 버려서 한 마리도 못 잡았다고 한 얘기다.

좌우명에 대한 글을 언젠가 읽은 일이 있다.

중국 춘추시대 공자가 제나라 환공의 사당을 찾아갔는데 거기에는 신기한 그릇이 하나 있었단다. 밑이 구멍이 뚫려 있는데도 물을 부어도 새지 않다가 7할이 넘게 차면 밑구멍으로 물이 몽땅 빠져나가는 그릇이었다. 그 그릇을 책상 오른쪽에 놓아두고 있는 것을 본 공자 역시 집에 와서 그와 꼭 같은 그릇을 만들어 책상 위 오른쪽에 두고 평생 경계의 징표로 삼았다는 내용이었다.

물론 다른 짐승들도 배가 차도록 다 먹고 산다. 심지어는 식물도 햇볕으로만 사는 것은 아니다. 물과 거름을 먹고 산다. 하지만 오리처럼 목구멍이 차도록 욕심을 부려 먹는 짐승은 별로 없다.

우리가 알기로는 학이나 거북이는 적게 먹어서 오래 산다고 한다. 사람들은 그런 성품을 기리어 고고한 성품이라며 따르려 한다. 학이나 거북이처럼 모든 사람이 살아갈 수는 없을 것이다. 하지만 너무 무리한 욕심을 부리는 것은?

나는 내가 하고 있는 일 때문에 토요일이나 일요일에는 예식장 뷔페 음식을 많이 먹는다. 낮에 맛있는 음식을 먹을 걸 생각해서 아침밥은 다른 때보다 한두 숟가락 적게 먹고 간다. 물론 점심을 맛있게 먹는다. 내가 좋아하는 야채 종류와 조개류, 해산물 등을 골라서 먹을 만큼 가져다 남김없이 깨끗이 먹고 온다. 나도 욕심을 부리는 줄 알면서도 학이나 거북이처럼 적게 먹지는 않고 약간 배부르게 먹고 온다. 그런데 뷔페에 가면 음식을 산더미처럼 쌓아 가져다 놓고 조금만 먹고 마는 사람들이 너무나 많다. 한 접시도 아니고 여러 접시를 그렇게 한다. 남겨 놓은 음식은 그대로 쓰레기가 될 것이다. 그런 모습은 목구멍까지 차도록 먹는 오리의 습성보다 더 꼴사납다. 그런 모습을 볼 때는 속으로 먹을 만큼 가져다 드시지 하는 생각이 저절로 든다. 뷔페 음식은 한두 점씩 접시에 담아다 맛을 본 후에 먹고 싶은 음식을 자주 담아다 먹는 것이 뷔페 예절인데, 뷔페에 오시는 분들 그런 정도는 알고 있을 것인데 하는 생각이 들 때도 있다.

　사람은 식욕, 권력욕, 성욕 등이 본능적으로 많다고 한다. 그러나 그런 욕심을 알맞게 절제하면서 사는 사람이 있는가 하면, 과도한 욕심을 부려서 앞에 말한 모기나 오리 같은 결과를 초래하는 사람들을 신문지상이나 언론매체를 통해 많이 접한다.

　사람이 나이를 먹어가면 먹어갈수록 욕심이 더 많아진다고 한다. 욕심을 부렸던 일들이 죽고 나면 아무 쓸모없는 일인데도 말이다. 늙으면 죽을 날이 아무래도 가까워지는데 이상한 일이다. 그래서 늙어가면서 버려야 할 것은 욕심이라고 한다.
　비단 나이 많은 사람뿐이겠는가. 학이나 거북이는 못될지언정 앞서 언급한 모기나 오리는 되지 말아야지, 하는 마음으로 남은 날을 메워가고 싶다.

2013. 4. 20.

소금밭에 갔던 날

넓은 들 끝에 바다가 있다. 들과 바다 사이에 논 몇 배미 정도의 염전이 있다.

소금막이 원시인들의 움집처럼 두서너 개 있다. 장작이 한편에 집채처럼 쌓여 있다. 소나무향이 짙게 풍겨와 코에 초록 비단을 깔아준다. 옆에는 바짝 말라서 붉은색이 된 질 좋은 곰솔 나뭇단이 몇 접이나 되는지 산처럼 쌓여있다.

소금막 속으로 들어가면 삼 찌는 솥보다 더 커다란 가마솥이 있다. 가마솥이 어찌나 컸던지 빠지면 죽을 것 같다. 염부들이 쨍쨍 내리쬐는 햇볕에 증발시킨 짜디짠 물을 큰 가마솥에 넣는다. 장작불을 지핀다. 물을 더 증발시키면 크리스마스 무렵의 눈처럼 고운 꽃소금이 나온다.

동무들과 들 끝머리 하작(들의 아래편)으로 내려간다. 하작에 가면 논두렁에 굴을 파고 사는 풀게가 있다. 풀게는 논두렁에 쥐구멍 같은 굴을 파고 산다. 참게와 비슷하게 생겼으나 참게보다는 몸이 더 두툼하다. 구워 먹으면 풀냄새가 난다. 다리에 털이 많이 나 있는데 집게발은 어찌나 강하든지 놋젓가락을 물면 부러진다고 한다. 바닷물과 민물이 섞이는 하작에 주로 많이 산다. 물과 뭍을 오가며 살기에 물과 접해 있는 논둑의 하단부에 산다. 게구멍 입구에 게가 나와 있는 것을 찾아 살금살금 뒤로 가서 대창이나 뾰쪽하게 깎은 나무 작대기를 찔러 퇴로를 막아 굴로 못 들어가게 한 뒤에 잡는다. 집게발에 물리지 않게 등딱지 양쪽을 손으로 잡아야 한다. 맛이 없고 풀냄새가 나기 때문에 게장을 담는다든지 하는 식용으로 잡아먹지는 않았다. 잡아다 불에 구워 먹는 것이 우리들의 어릴 때 놀이 중의 하나였다.

동무들과 함께 하작에 풀게를 잡으러 갔다가 소금밭까지 가게 되었다. 소금밭이 있는 쪽에 풀게가 많다고 하는 동무 따라 그쪽으로 갔다가 소금밭엘 가게 되었다.

소금밭 구경을 하다 소금밭 일꾼들에게 들켜서 된통 혼이 나 쫓겨 왔다. 소금가마솥에 빠지면 위험하기 때문이었을 것이다.

그날 저녁 할머니가 어디서 놀다 왔냐고 하기에 소금밭에 가서 놀다 혼나게 쫓겨 왔다고 했더니 할머니 역시 소금밭에 다시는 가지 말라고 하셨다. 소금밭에서 혹시

뱀을 볼 수도 있는데, 뱀을 보고 소금밭 주인에게 말을 하면 소금밭에 있는 그 많은 소금을 다 버려야 하므로 소금값을 다 물어주어야 한다고 하셨다. 뱀이 있다는 말을 하지 않으면 큰 죄가 되어 죽으면 지옥에 간다고 하면서 가지 말라고 하셨다. 그래서 관련이 없는 사람은 아무도 소금밭에는 가지 않는 것이란다.

들에는 뱀이 많았다. 비 온 뒤에는 풀밭 여기저기 뱀이 똬리를 틀고 있었다. 뱀이 많아서 소금밭에도 뱀이 있을 수 있는 일이었다.

그 뒤로 우리들은 소금밭엘 가지 않았다.

지금은 우리나라 어디를 가도 고운 꽃소금을 굽는 염전은 없다. 소금을 보면, 특히나 꽃소금을 보면 그 염전 생각이 떠오른다. 소금밭 짠물 위에 둥둥 떠 있는 소금꽃처럼, 염전물 저 밑에 비추어 떠 있는 흰 구름처럼 가슴속에 하얀 그리움으로 떠오른다.

지금은, 아니 몇십 년 전에 사라지고 없는 단 한 번 가본 소금밭.

설 추억

며칠 있으면 설이다. 명절 중에 제일 큰 명절.

제일 반가운 명절이 설이었다, 예전에는.

설이 되면 어른 아이 구별 없이 새 옷을 지어 입거나
사 입었다. 아이들 입장에서는 새 옷을 입는 것만큼 좋은
일이 없었다. 내년까지 입으라고 몸에 맞지 않게 큰 옷을
사 주었지만 그래도 좋았다.

설이 가까워지면 콩나물이나 숙주나물을 기르는 시루를
방에 들여 놓고 아침저녁으로 물을 주었다. 콩나물이나
숙주나물은 맹물만 먹고도 소복하게 올라왔다. 신기하게
도 잘도 자랐다. 물은 한 방울도 남아있지 않았지만 노란
콩나물은 손으로 살짝 쓸어보고 싶도록 귀엽게 올라왔다.

콩을 맷돌에 갈고 바닷물을 길어다 두부를 만들었다.
두부를 끓일 때 순두부가 흰 구름처럼 몽실몽실 둥둥 떠

오르면 할머니는 뜨끈뜨끈한 구름을 한 바가지씩 떠주면서 먹으라고 했다. 구름은 바로 살로 갈 것 같았다.

조청을 고고, 그 조청 맛, 조청은 첫사랑 애인의 혀보다 더 달콤한 맛이라고 해야 할까. 아직 어려서 첫사랑이 뭔지는 몰랐지만. 가래떡을 뽑아다 썰어서 떡국 끓일 떡국떡을 만들었다.

어른들은 돼지를 잡았다. 몇 근씩 나누어 파는 것을 사왔다. 전·적 감을 뜨고 남은 돼지고기를 배추김치에 뚬벅뚬벅 썰어 넣어 국을 끓여주는 것을 먹었다. 나는 지금까지도 그렇게 끓인 돼지고기 김치국을 좋아한다. 돼지를 잡으면 오줌보를 불어서 공차기 놀이를 하는 것도 재미중의 재미였다.

평소에 입기 어려운 새 옷에다 맛있는 음식을 배부르게 먹을 수 있었고 세배를 하면 세뱃돈을 조금이라도 받을 수 있었으니 아이들 입장에서는 일 년 중 최고로 좋은 명절일 수밖에 없었다. 어른들이야 명절 좀 안 돌아왔으면 하는 말을 할 정도로 없는 살림에 힘들었겠지만.

그믐날 저녁에는 목욕을 하고 일 년 묵은 때를 벗겼다. 손등이나 발등, 무릎 팔꿈치 등에 낀 때는 잘 벗겨지지 않았다. 쌀겨를 문질러 벗겨내기도 했다. 쇠죽 물로 때를 벗기면 따뜻하고 춥지 않아서 좋다. 소는 큰 눈을 뜨고 내 밥에 왜 때를 넣어 하는듯 하였지만 눈만 껌벅거릴

뿐 아무 말도 하지 않았다.

설날 아침에는 일찍 일어나서 새 옷을 입고 할아버지 할머니, 부모님에게 세배를 하고 차례를 지냈다. 박재삼의 '울음이 타는 가을 강'의 구절처럼 작은 집 사람들은 등불을 잡고 큰 집으로 모여서 세배를 하고 함께 차례를 지냈다. 차례를 지내는 것도 좋았지만 어른들이 주머니 속에 꼬깃꼬깃 아껴두었던 지전을 꺼내 주는, 세뱃돈 받는 재미가 뭐니 뭐니 해도 최고의 설 선물이었다.

차례가 끝나면 떡국으로 아침을 먹고 산소에 성묘를 갔다. 성묘 갈 때는 대소가 분들이 거의 모여서 함께 성묘를 간다. 설날 아침에 보면 성묘하러 가는 사람들이 산 여기도 저기도 보였다. 하얀 두루마기를 입고 가기에 더욱더 눈에 띄는 풍경이었다. 어쩔 땐 하얀 학이 무리를 지어 날아가는 듯도 보였다.

성묘가 끝나면 가까운 대소가 어른께 세배를 하고, 상가집 영위에 들려 고인께 절을 하고 상주에게 세배를 하는 걸로 초하루를 보낸다. 가는 집마다 음식을 내오므로 하루 종일 내내 먹은 떡국이 몇 그릇씩이 됐다.

세배가 다 끝나면 모여서 저녁 늦도록 화투놀이나 윷놀이를 하면서 시끌벅적하게 하루를 보냈다. 초이튿날 초사흘 날은 먼 친척집이나 성씨가 다른 집에 세배를 다닌다.

세배를 다니다 많은 사람이 어울리면 역시 화투놀이나 윷놀이로 시끌벅적하다. 초닷새 경이 되면 이웃마을 어른들에게까지 세배는 거의 끝이 난다. 사정이 있을 경우 늦게는 보름날까지 세배를 하기도 했다.

낮에는 연날리기를 하거나 팽이치기를 하였다. 초닷새가 넘어 세배가 거의 끝나가는 오후가 되면 집집마다 다니면서 잡귀를 쫓아내고 복이 오기를 비는 매구를 치기 시작한다. 고깔모자에 오색띠를 두르고 꽹과리, 징, 장구, 북을 치는 모습도 흥겹고 좋았지만 벅구를 들고 개인 장기자랑을 하는 것은 한없이 보고 있어도 다시 보고 싶은 놀이였다. 마당에는 덕석을 펴놓고 음식상을 차려놓아 맛있는 음식을 먹으면서 놀이를 하기에 더 흥겨웠으리라.

여인들은 마당이 넓은 집에 모여서 강강술래를 하면서 정월 보름까지 밤낮 없이 즐거운 시간을 보냈다. 우리집은 마당이 넓어 주로 우리집에 모여서 정월을 보냈다.

정월 보름이 지나면 보리밭에 비료를 하고 흙을 넣어주어 북을 하는 농사일이 시작된다. 보름이 지나면서부터는 낮에는 모임이 줄어들고 밤이면 모여서 노는 걸로 점차 바뀌어 갔다.

처녀들과 새댁들이 농지기 고운 옷 꺼내 입고 서로 손 잡고 이삼십 명씩 모여 마당을 뛰어 돌면서 주거니 받거니 선소리를 하고 후렴으로 강강술래를 하면서 돌던 모습이 지금도 머리에 삼삼하다. 엉덩이까지 땋은 머리와 색색의 곱던 치맛자락 훨훨 날리며 망아지처럼 뛰던 모습들 다시 한번 보았으면 하는 그리움이 가끔 마음속에서 여울진다. 그 처녀들 다 어디에서 곱게 살고 있는지.

지금은 거의 사라지고 없는 흑백사진 같은 설 풍속이지만 머릿속에는 그리운 그림으로 아직도 곱게 색칠되어 남아 있는 설 풍속도다.

설을 기점으로 한 달을 보내는 옛날을 재현하는 시골마을이 생긴다면 아마 좋은 문화관광 상품이 될 수도 있으리라는 생각도 함께 해 본다.

새해 소망

새해 아침이 밝았다.

동쪽에서 새 아침의 해가 찬란하게 떠올랐다.

1년 중 첫날. 신년의 아침에는 누구나 저마다 새해 소망을 빌 것이다.

동해에 100만 명의 인파가 몰려 새해 해맞이를 하였다고 한다. 그분들은 새해 새 아침에 떠오르는 해를 보면서 소망하는 바가 잘 이루어지길 기원하고 소원으로 빌었을 것이다.

동해 해맞이를 가지 않았더라도 가까운 곳에 가서 소망하는 일이 잘 이루어지길 바라는 소원을 빌었을 분도 많을 것이다. 집에서 정갈한 마음으로, 이불속에 누웠더라도 마음속으로 나름대로 새해 소망한 일들이 이루어지길 누구나 빌었을 것이다.

가족이 평안하기를, 국가가 잘되기를, 자신의 사업이 잘되기를, 회사가 잘되기를, 자신의 꿈이 이루어지기를, 자신의 건강과 가족이 건강하고 무탈하기를, 지금 까지 하고 있는 일이 더 번창하기를 바라거나 새로운 일을 시작할 수 있도록, 새로 시작한 일이 성공하기를 등등.

사람마다 바라는 소망은 다르겠지만 이루어지기를 바라는 간절한 마음은 동일하리라 생각한다.

어떤 분은 마음속으로 새 소망을 기원하는 분도 있을 것이다.

어떤 분은 벽에 소망하는 바를 적어서 붙이고 지키겠다고 다짐하기도 하고 이루어지기를 바라는 분도 있을 것이다.

어떤 분은 구체적으로 계획을 짜고 그 계획을 실천하겠다고 마음먹고 계획했던 대로 이루어지길 기원하는 분도 있을 것이다.

마음속으로 비는 것보다는 적어서 붙이는 것이, 적어서 붙이는 것보다는 구체적인 계획을 짜고 실천하는 것이, 더 좋은 이루어짐을 가져올 것이다. 하지만 인생사란 꼭 그렇지만은 않은 것이란 생각이 들기도 한다.

우리는 음력의 명절문화가 익숙해져 있어서 음력설이 진짜 신년 같다. 양력 설 신정은 별로 마음과 몸에 크게 느낌은 없다.

나 자신도 마찬가지다.

어제의 해가 오늘의 해고 어제의 일에 오늘 일이 연장해 갈 뿐이다.

그러나 새 달력을 걸고, 새로운 해를 시작하였으니 나라고 소망이야 없겠는가. 가족이 건강하고 화목하기를, 하는 일이 좀 더 잘 되기를, 막연하더라도 좋지 못한 일은 끝이 나고 좋은 일만 가득하기를, 좋은 시나 글 한 편을 쓸 수 있기를, 바라는 소망들을 구체적으로는 아닐지라도 막연하게나마 빌어본다.

올해는 갑오년(甲午年).

12간지로 보면 말띠 해다.

말띠는 십이지성론(十二支星論)의 십이천성(十二天星)으로 보면 천복(天福)이다. 하늘에서 복을 주는 해다. 사주에 천복이 들면 복성이 평생 따르는 것이다. 올해 태어난 아이는 천복성의 사주를 가지고 태어난다.

올해 태어난 아이뿐 아니라 말의 해를 맞이하는 모든 분들 다 천복성이 드는 해를 맞는 것이다. 다 좋은 해가 되리라고 긍정적인 좋은 생각을 해 본다.

이 좋은 해에 모든 분들의 소망이 다 이루어졌으면 좋겠다.

모든 사람들이 다 잘되고 부자 되고 국가가 평온하여 행복한 한 해가 되었으면 좋겠다, 하는 소망도 함께 이루어질 기원해 본다.

기름장수

내가 어렸을 적에는 기름장수(석유장수)가 동네에 가끔 왔다.

"지름 사씨요~, 지름 사씨요오~" 하고 외는 소리가 들리면 사람들이 집집마다 푸르스름한 대두병(1.8리터짜리 유리 소주병)을 들고 나왔다. 어쩌다 갈색 네 홉병(요사이 맥주병보다 배 정도 큰 것, 삐루병이라고 하였음)을 가지고 나오는 사람도 있었다.

어른들은 들에 일하러 나가고 집에 없기에 대부분 할머니나 어린이들이 석유를 사려고 대두병을 하나씩 가지고 나왔는데, 부잣집 아저씨는 대두병 두 개를 가지고 나오기도 하였다.

기름장수는 미군 지프차 뒤에 달고 다니는 한 말들이 양철 기름통을 어떤 때는 하나, 어떤 때는 두 개를 지게에 짊어지고 왔다. 기름통 뚜껑을 망치로 탕탕 쳐서 돌려 열고 양철로 만든 작은 펌프를 기름통에 넣었다. 동그란 철사 손잡이를 올렸다 내렸다 하면서 촛대(깔때기)가 꽂힌 대두병에 기름을 퍼 담았다. 석유냄새를 풍기면서 말간 석유가 병 가득 차면 줄 서 있던 다른 사람이 병을 또 댄다.

석유 장수 아저씨는 언제나 병 가득 석유를 따라 담아 주었다. 병 끝까지 차거나 조금 흘러넘치기도 하였지만, 능숙하게 조절을 잘해서 병마개 밑에서 딱 멈추게 하여 가득 담아주는 기술이 있었다.

석유 값으로는 돈을 받아가기도 하였으나 주로 쌀을 받아갔다. 물물교환이었다. 그때는 쌀이나 잡곡, 또는 계란이 돈이나 마찬가지였다.

그 기름장수는 기름 장사를 하여 부자가 되고 자식들을 모두 대학까지 보냈다는 소문이 이웃면까지 파다하게 퍼졌다. 내가 사는 대서면과 이웃 동강면에 기름장수는 그 사람 한 사람밖에 없었으니 지금으로 말하면 대단한 상권을 가진 장사로 돈을 많이 벌 수 있었을 것이다.

기름은 초꼬지 불(호롱불)을 밝히는 데 썼다.
기름을 아끼려고 어두워지기 전에 일찍 저녁밥을 먹거

나 초저녁 식사를 마치면 바로 잠자리에 들기도 하였다.

늦도록 불 켜고 놀고 있으면 "지름 아깝다, 얼른 불 끄고 자그라잉" 하는 말을 듣기 일쑤였다. 불을 끄고도 잠이 안 와서 한참을 도란도란 이야기하거나 장난을 치다가 스르르 잠이 들곤 하였다.

내가 살던 곳은 아마도 60년대 말인가 70년대 되어서야 전기가 들어오지 않았나 하는 기억이 떠오른다.

들 건너 보성인 조성에는 내가 어렸을 적에도 전깃불을 켜고 살았다. 밤이면 저 건너에 전깃불 불빛이 아련히 반짝거렸었는데 그게 동경의 대상이 되기도 하였다. 어쩌다 들 건너 조성의 한밭에 살고 있는 고모님댁에 놀러 가서 잠을 자면 전기불이 신기하기도 하였지만 밤에는 너무나 밝아서 잠이 쉽게 들지 않기도 하였다.

고모님 가족이 우리 집에 오는 날이면 초꼬지 불을 너무나 갑갑해하였다.

들 건너 득량 쪽에서 큰 먹구렁이 같은 기차가 나와서 예당을 거쳐 조성으로 해서 송장 고개를 넘어 벌교로 가거나, 벌교 쪽에서 득량 쪽으로 가기도 하였다. 하루에도 몇 번씩 흰 연기를 뿜으며 뙈~에~ 하고 기적을 울리면서 기차가 오고 가는 철길 따라 전봇대가 서 있고 전깃

줄이 뻗어 있었다.

조성에 전기가 빨리 들어오게 된 것은 아마도 철길 덕이었으리라 생각한다.

전기가 들어올 때까지 석유 기름으로 초꼬지 불을 밝히고 살았으니 그때까지 기름장수는 왔을 것이다.

그때는 다들 농사만 지을 줄 알았다. 기름장수가 두서 개 면의 큰 상권을 가지고 돈을 잘 벌었어도 어느 누구도 그런 장사를 하려고 한 사람은 없었다.

사농공상(士農工商)의 시대였으니 장사꾼이 되는 것을 달갑지 않게 생각하였을 수도 있었을 것이다.

천대받던 직업이 돈을 많이 벌어 부자 되고 자식을 대학까지 보내 일류로 환골탈태한 것이다. 어쩌면 그분이 제일 현명한 선구자의 직업을 가지지 않았나 하는 생각을 해볼 수도 있다. 시대가 바뀐 지금의 입장에서 하는 생각이긴 하지만.

초꼬지에 기름이 떨어져서 심지에 기름이 말라가면 불이 아주 작아진다. 그때 초꼬지 뚜껑을 열고 석유 기름을 부어주면 불이 확 살아난다.

불이 살아날 때마다 할머니는 '사람도 저렇게 죽어갈 때 부어주면 확 살아나는 지름 같은 약은 없을까' 하는 말을 하시고는 한숨을 짓곤 하셨다.

여순반란사건 양민학살 때 사상이 뭔지도 모르고 농사를 천직으로 알던 스물네 살 젊은 아들을 일찍 잃은 할머니의 가슴에는 항상 그 한이 가득하였으리라.

지금은 집에서 예전처럼 쓰는 기름은 없다. 타고 다니는 자동차에 드럼으로 기름을 사서 넣고 태우며 다니는 물질만능의 시대가 되었는데 어찌 어릴 때 생각은 그대로 기억에 고스란히 남아 있는지, 추억의 하얀 그림자가 눈 오는 이 밤 머리에서 아른아른거린다.

굉이써레

나는 굉이써레입니다.

국어사전에 등재되어 있는 호적이름은 끙게라고 한답니다. 더러는 괭이써레라고 부르기도 한답니다.

나는 내 몸에 굉이(옹이, 공이)가 있어서 굉이써레인 줄 알고 있는데 괭이써레라고 부르는 사람들은 왜 그렇게 나의 이름을 불러주는지는 잘 모릅니다.

사람들은 나를 썰매의 사촌이라고 하기도 한답니다.

내 몸은 두어 자 크기로 자른, 홍두깨만 하거나 조금 더 큰 나무토막 대여섯 개를 붙여 만들어졌습니다. 나무토막 두 군데에, 나사라는 걸로 간격이 일정한 구멍을 뚫고 쇠막대기를 꿰어서 나무토막 대여섯 개를 붙여 만들어졌습니다. 더러는 철사줄이나 칡넝쿨로 뗏목을 엮듯 단단히 묶어서 만들기도 한답니다.

주인은 나를 만들 때 나무토막을 매끄럽게 하지도 않고 예쁘게 다듬지도 않았습니다. 나뭇가지를 자를 때, 몸 있는 쪽에 조금 가지를 남겨 꾕이를 그대로 두고 잘라서 나를 만들었습니다. 그래야 좋답니다.

그래도 아주 못생긴 편은 아닙니다. 내 생각이긴 합니다만 그게 더 순박하게 생겼다고 나는 믿습니다.

나는 가을에 보리갈이를 할 때 주인이 시키는 일을 하고 나면 일 년 내내 헛간에서 팔자 늘어지게 잠을 잔답니다. 다른 농기구 친구들은 주인이 자주 일을 시키지만 나에게는 특별히 배려를 하는지도 모릅니다. 그건 내 생각이고 내가 할 수 있는 능력이 그뿐이라 그런지도 모릅니다. 아마도 뒤에 말한 것이 맞을 것입니다.

10월 하순이나 11월 초·중순에 내가 할 일이 생깁니다. 벼를 베어내고 논보리를 갈 때 내가 필요하기 때문입니다.

주인은 쟁기로 두둑을 짓습니다. 괭이나 쇠스랑으로 쟁기밥을 대충 부셔서 두둑 위에 골고루 펴놓은 다음에 나에게 일을 시킵니다. 나를 소의 멍 줄에 연결된 방게의 고리에 걸어서 두둑 위를 끌고 다니는 것입니다.

내 등에는 돌이나 뗏장을 얹기도 하지만 귀여운 아이들

을 두서넛 태우는 것이 보통입니다. 내가 제일 기분이 좋을 때는 내 등에 예쁜 아이들이 두서넛 타고 좋아할 때 나도 기분이 짱이지요. 내 몸이 붕붕 뜨는 느낌이 들 정도이니까요. 실제로 내 몸이 조금씩 뜨는 것 같기도 한답니다. 흙덩이 위 정도이기는 하지만 말입니다.

내가 지나가면 두둑 위의 흙덩이들이 내 배 밑에서 잘게 부서져서 두둑에 골고루 펴집니다. 고집 덩어리 같던 흙덩이들이 내 배에 울툭불툭 튀어나와 있는 주먹 같은 굉이와 내 힘에 눌려서 꽥 소리 한마디 없이 성질을 죽이고 곱게 부서지고 말지요. 고집이 어지간히 세다고 해도 내 주먹이나 내 힘에는 당할 재간이 없는 셈입니다.

주인은 보리씨를 뿌리고 비료를 뿌리고 퇴비라는 거름을 덮은 다음 나를 처음처럼 다시 두어 번 끌고 다닙니다. 그러면 보리갈이가 끝이 나는 것입니다.

그렇다고 내가 마냥 즐겁기만 한 것은 아닙니다.
앞에서 나를 끓고 가는 소가 똥을 싸거나 오줌을 싸면 내 몸에 튀어오기도 하고 내 배에 소똥이 들러붙기도 하지요. 결국은 고집 센 흙덩이들에게 묻혀주고 닦아내면 내 몸은 깨끗해지기도 하지만 그렇지 않을 때도 있어요.

그렇지 않을 때는 주인이 나를 물로 씻어주거나 닦아주어서 내 기분이 다시 상쾌하게 하여주기도 하지요.

　그런 사랑을 받던 내가 점점 주인의 곁에서 멀어지게 된 것은 경운기라는 이상한 기계가 들어오고부터이지요. 주인은 경운기를 데려오고부터 나에게 일을 시키지 않아서 나는 실업자가 되고 말았어요. 경운기가 고장이라도 나면 다시 나에게 일감을 주겠지 하는 생각을 하기도 하였지만 그건 오산이었어요. 경운기보다 더 사랑을 받는 트랙터라고 힘 깨나 쓰는 놈이 들어와서 주인과 항상 일을 함께 하기 때문입니다.

　평생을 헛간에 가만히 앉아 쉬고 있으려니 옛날 생각이 날 때가 많습니다. 쓸쓸해지기도 하고 나도 모르는 이유 없는 슬픔이 밀려올 때도 있지요. 그래도 주인이 나를 길거리에 가져다 버리지 않는 것만을 위안으로 삼고 있답니다.
　버리지 않는 덕에 가끔은 기쁠 때도 있답니다.
　내 등에 타고 즐거워했던 그때 아이들이 어른이 되었어도 나를 잊지 않고 알아보아주고 내 옆에 가끔 찾아와 즐거웠던 그때 얘기들을 하면 나도 마치 내가 그때 그대로인 것처럼 즐거워지기 때문입니다.

장선포의 봄

바다는 꽃밭이었다.

봄, 여름, 가을, 아니 일 년 사시절이 다 꽃밭이었다. 복숭아 꽃 피는 봄이면 더욱 화려한 꽃밭이었다.

옛말 그대로 명주 비단을 깔아 놓은 것 같은 기나긴 모래사장. 출렁이는 하늘색 바닷물. 장선마을 뒷산에 만발한 복숭아꽃.

갯것을 하러 온 처녀들, 새색시들, 아주머니, 할머니들, 총각들, 백사장을 가득 메운 고운 옷들이 화려한 꽃밭이었다. 갯것을 잡으러 온 작업복 차림이 아닌 화전놀이를 나온 고운 옷차림이었다. 꽃들이 나비를 부르는 고운 색깔이었다. 웃음소리들이 바로 꽃들의 합창이었다.

마을 뒤편에는 낮은 산을 개간하여 심어놓은 복숭아밭이 있어 산도 바다도 한마디로 잘 어우러진 커다란 꽃밭이었다.

　봄철 중에서도 여섯 물, 일곱 물, 여덟 물때가 제일 좋은 물때다. 갯것꾼들이 제일 많은 물때다. 장선포서 가까운 10여 개 마을 사람들은 물론이고 인근 조성면 사람들, 동강면 사람들, 심지어는 벌교, 그보다 더 먼 곳에서도 갯것을 잡으러 왔다. 인근 마을들은 여섯·일곱·여덟 물때가 되면 마을이 텅 빌 정도가 되었다. 집집마다 갯것을 하러 가지 않는 집이 없었다.

　장선포 바다는 뻘밭이 많지 않았다. 깊이 들어가면 한쪽 편이 꼬막이 잡히는 꼬막밭이다. 거기만 허벅지까지 빠졌다. 나머지는 모래밭이거나 모래가 적당히 섞인 뻘밭이었다. 발이 많이 빠지지 않고 갯것을 잡을 수 있었다.

　갯것을 잡으러 온 것인지 바람을 쐬러 나온 것인지 모를 정도였다. 화장들을 곱게 하고 평소 입지 않고 아껴두었던 농지기를 꺼내 입고 바다에 물이 나는 시간보다 더 일찍이 바닷가에 왔다. 물이 나기를 기다리면서 장난을 치거나 깔깔거리거나 노래를 하면서 춤을 추고 놀거나 하면서 물 빠지기를 기다렸다. 어떤 처녀들은 총각에게 눈웃음을 보내기도 하고 총각들은 처녀들 곁을 따라다녔다. 여기저기서 휘파람 소리가 나곤 하였다.

물이 나기 시작하면 입고 있던 고운 옷들을 벗어 등에 신과 함께 묶어 업었다. 일복으로 갈아입고 갯것을 하러 바다로 들어갔다, 여러 사람들이 모래사장 곳곳에 자리를 잡아 신발과 함께 입고 있던 옷을 벗어 모아 두고 헌 옷으로 갈아입고 들어가는 사람도 많았다. 옷에 손을 대는 사람은 아무도 없었다. 사람들이 바다로 들어가고 나면 여기저기 옷무더기들이 마치 떨어져 있는 꽃잎이었다.

물이 나기 시작하면 빠지는 물 따라가면서 조개잡이를 시작한다. 호미로 바지락을 캐는 사람. 쇠스랑을 긁고 다니면서 노랑조개나 백합·되고막·개두(키조개) 등 굵은 조개가 걸리면 잡는 사람. 삽으로 쏙을 파는 사람. 물속에 들어가서 자맥질을 하면서 굵은 개두나 되고막을 잡아 올리는 사람, 아가씨들 꽁무니를 따라다니면서 침을 흘리는 총각들, 낙지를 파면서 무어라고 계속 중얼대는 여인, 바다는 사람으로 가득 찬다.

물때마다 사람들이 조개를 그렇게 잡아다 먹어도 바다에는 조개가 항상 많았다. 저녁에는 대바구니 가득 조개들을 잡아와서 맛있는 조개탕을 끓이거나 무침을 만들거나 회를 치거나 물때마다 진수성찬의 밥상이 된다.

그 어떤 사진보다 아름답고 영상보다 고운 추억의 바다가 생각만 해도 머릿속에 펼쳐진다. 이제 다시는 어떤 방법으로도 인화할 수 없는, 머릿속에서만 천연색 필름으로 남아 기억으로 꺼내볼 수밖에 없는, 아름답던 풍경화를 어찌 필설로 다하랴.

모깃불 피워놓고 아껴먹던 강냉이

산에 올라가는 골목길, 강냉이(옥수수) 파는 차량이 있었다.

내려올 때 보니 차위에 강냉이 자루는 서너 개밖에 없고 길에 강냉이 껍질이 수북하게 쌓여 있다.

어떤 사람은 강냉이를 사서 껍질을 벗기고, 어떤 사람은 수염을 골라서 담고 있다. 잠시 멈추어 서서 구경을 하고 있는데, 장사꾼은 신이 났다. 웃음을 얼굴 가득 채우고 '껍데기는 우리 소 갖다 주어야 해요. 껍데기는 손대지 말고 알만 가져가세요. 이건 대학찰이라고, 대학도 서울대학찰이라 맛이 끝내줍니다.'

가격은 열 개에 5천원이라고 써놓았다.

나는 강냉이를 먹기는 먹어도 즐겨하는 편은 아니지만 집사람이 강냉이를 좋아한다. 강냉이 5천원어치를 사서 껍질을 벗기는데 덤으로 한 개를 더 얹어주었다.

강냉이 한 개에 500원이면 정말 싸다는 생각이 든다.

오면서 가만히 생각을 해 보니 한 개에 500원이면 농부는 얼마나 돈을 손에 쥘 수 있을까 하는 생각이 든다. 도소매 장사꾼이 장사이익 남기고, 운송비와 상하차비, 다 제하면 200원이나 손에 쥘 수 있을까 하는 생각에 미친다. 이른 봄부터 애써서 농사지어도 종자값, 비닐값, 비료값, 제하고 나면 남을 것이 없을 것 같다.

그래도 그 생각보다는 싸게 샀다는 생각이 앞서니 나는 참 형편없는 놈이지 하는 생각이 떠올랐다. 옛날에 30년 넘게 농사를 지었던 놈이 싸게 샀다는 것만 생각을 하니 도시에 살아 그런 물정을 모르는 사람은 어쩌겠는가.

내가 살았던 시골은 바다를 막아 간척을 한 곳이다. 논은 많았지만 밭은 적다. 밭에는 콩이나 목화, 수수, 조, 참깨, 등을 주로 심었다.

강냉이는 텃밭에 몇 포기 심거나 밭가에 심어서 여름 주전부리로 삼을 정도였다. 강원도처럼 많이 재배하는 사람은 없었다.

여름 저녁이면 마당에 저녁마다 모깃불 피웠다.

모깃불은 보릿짚이나 볏짚에 불을 붙이고 위에 보리괴깨(보리탈곡 찌꺼기)나 생풀을 얹었다. 불타는 것을 억제하여 놓으면 오래도록 냉갈(연기)이 나면서 모기를 못 오게 한다. 냉갈이(연기) 어찌 알고 나에게만 오는지 냉갈이 모기보다 더 귀찮을 때가 많다. 냉갈을 피해 자리를 옮기거나 부채로 냉갈을 쫓기도 한다. 어른들은 냉갈이 맵지도 않은지 태연히 앉아 '냉갈은 이쁜(예쁜) 사람만 찾아다닌단다.' 하곤 하였다. 나는 이쁘게 생기지도 않았는데 왜 냉갈은 나만 쫓아다니는지 궁금하였다.

가족들이 대 와상에 모여 앉아 삶은 강냉이를 한 개씩 들고 한 알 한 알 따서 먹었다. 지금도 강냉이를 하모니카 불듯 먹기보다는 손으로 알을 하나하나 따서 몇 개씩 먹는데 그 버릇은 그때 몸에 밴 습관인 것 같다. 습관은 한 번 몸에 배면 평생을 따라다닌다.

강냉이를 다 먹고 남은 깡탱이(옥수수심)는 소나 돼지를 준다. 내가 강냉이 먹는 것보다 더 맛있게 한 입에 덥석 받아 씹어 먹는다.

깡탱이가 잘 생긴 것은 말려두었다가 대를 박아서 할아버지 등긁이로 쓰곤 하였다. 한 번 만들면 2년이고 3년이고 두고두고 써도 성능은 떨어지지 않았다. 이삼 년 전

집사람이 등을 긁어달라고 하여서 강냉이 깡탱이로 등긁이를 만들어 주었다. 이젠 내가 가끔 쓰고 있다. 어떤 효자손보다도 시원하다.

얼마 전 용인 민속촌에 갔었다. 대로 얽어서 만들어 놓은 닭장 같은 집이 있었다. 처음 본 것이다. 닭장은 아닌 것 같았다, 호기심에 가서 들여다보았다. 바닥에 말린 강냉이가 들어 있었다. 강냉이 저장고였다. 강원도 등 산간 지방, 강냉이가 많이 나는 고장에서 짐승이 가져가지 못하게 대로 만들어 사용한 강냉이 저장고였다. 공기가 잘 통해서 보관도 양호한 저장고라는 생각이 들었다. 선조들의 지혜가 놀랍다.

저녁에 강냉이를 삶아먹었다. 이 빠진 것 하나 없이 알이 또록또록 꽉 차 있었다.
농부의 생각이 다시 떠올랐다.

노인색 옷

당연히 그런 줄 알았다.

내가 젊었을 때는.

할머니 옷을 살 때가 있으면 노인들이 입을 만한 색의 옷을 달라고 해서 사다 드렸다.

옷가게 주인 역시 그에 맞게 색이 화려하지 않은 수수한 색의 옷을 주었다. 사다 드리면 할머니는 아무런 말씀도 없이 좋다 하시고 입으셨다.

내가 나이 먹어가면서 겪어보니 옛날의 내 생각이, 내가 했던 일들이 정말 잘못되었었다는 걸 느낀다.

아들딸들이 내가 입을 옷을 사 오면 내 마음에 거의 들지 않는다. 아이들은 비교적 비싼 메이커 제품이라고 사 오지만 내 마음에는 들지 않는다. 자주 입지 않고 거

의 그대로 장롱에 걸어두었더니 이제는 옷을 사 오는 일
은 별로 없다.

길거리에서 만원이나 5천 원을 주고 내가 산 옷이 오
히려 나에겐 편하고 좋다. 색도 마음에 드는 편이다.
나이 먹어 가면 나이 먹어갈수록 곱고 화려한 색이 더
좋아진다는 것을 내가 나이 먹은 뒤에야 알았다.

노인에게는 노인에게 맞는 색이 있는 것이 아니라는 것
을, 내가 나이 먹은 후에야 알았으니 이제 후회해 보아야
무슨 소용이 있겠는가.
우리들이 보편적으로 생각하는, 젊은 사람들이 입었으
면 어울리는 그런, 곱고 화려하고 예쁜 옷이 나이 먹어갈
수록 입고 싶어진다는 것을 왜 예전에는 몰랐을까.

젊은 사람은 어떤 색의 옷을 입든지 나이 그 자체가
젊어서 젊고 활달해 보이지만, 노인들은 어떤 색의 옷을
입어도 나이 그 자체가 늙어서, 늙어 보인다는 선입감이
드는데 옷까지 우중충한 색을 입으면 더 늙어 보인다는
것을 그때는 왜 몰랐을까.
오히려 젊은 분들은 우리들이 일반적으로 생각하는 노
인색 옷을 입어도 괜찮지만 나이 먹은 분들은 노인색 옷

을 입으면 더 늙어 보이고 추함이 묻어난다는 것을 내가
나이가 먹은 뒤에야 알았으니.

젊은 분들이 나이 먹은 어른께 옷 선물을 하고 싶다면
조금 화려한 색으로, 조금 고운 색으로 사 드린다면 더
큰 칭찬을 받을 것이다.
옷을 사다 선물할 때가 있으면 영수증은 거의 드리지
않는다. 아마도 옷의 돈 가치를 나타내고 싶지 않아서 일
것이다. 옷이 싸고 비싼 것을 떠나서 영수증을 함께 드리
면서 마음에 들지 않으면 바꾸어 입으시라고 하면 그 방
법이 아주 좋은 방법이 될 것이다.

노인에게 곱고 화려한 옷을 사드리면 이렇게 고운 옷을
어떻게 입어야 하고 흔희 말하지만, 남부끄럽다 하면서도
은근히 마음속으로는 좋아하시는 느낌을 받을 수 있을
것이다. 혼자 방에 들어가 다시 입어보고 거울을 보면서
아이처럼 좋아하는 모습을 엿볼 수 있을 것이다.

지금은 생각들이 많이 바뀌었다.
뒷모습이 아주 젊은 사람이라 생각하고 지나쳐서 앞을
보면 연세가 많은 분들을 길거리에서 많이 만날 수 있는
시대가 되었다.

찢어진 청바지를 몸에 꽉 끼게 입은 노인들도 많다. 옷입는 나이가 허물어진 것이다.

옷 입는 나이가 허물어진 것이 아니다.

옛날에는 '체면상' 이란 말 때문에 싫어도 마음에 맞지 않아도 나이 먹으면 늙은 색 옷을 입었다.

지금은 시대가 매일매일 빠른 속도를 자랑하듯이 바뀌어가고 있다.

나이 먹어갈수록 마음에 맞는 색깔로 옷도 골라 입는다면 더 젊어짐을 느낄 수 있을 것이다.

늙은 색이 따로 있는 것이 아니다.

동물이나 식물이나 새 종류는 나이 먹으면 어쩔 수 없이 신체 특성상 늙은 색으로 변한다 해도, 옷을 입을 줄 아는 사람은 옷으로 더 젊어지는 방법이 있다는 것을 알아야 한다. 노인들도 남의 눈치를 볼 것이 아니라 내가 좋아하는 색깔의, 내가 좋아하는 모양의 옷을 서슴없이 골라 입는 그런 노인이 되어보는 것도 좋다. 더 젊어진 느낌을 받을 것이다. 노인은 물론이고 젊은 사람들도.

5

독성이라고는 하나도 없는 그런 여인.
내가 열이 날 때 열을 식혀줄 그런 여인.
보랏빛 아름다운 꽃의 향기로운 눈빛을
보내주는 그런 여인. 맥문동 여인.

맥문동

"이거 한 번 눌러주실 수 있으세요"

핸드폰을 들고 나에게 부탁의 말을 건네는 여인이 있었
다. 웃음 띤 중년의 여인. 얼굴이 곱다. 남편으로 보이는
인상 좋은 남자가 곁에서 웃고 있었다.

"네, 그러세요."

내가 핸드폰을 받아들자.

"여기만 누르면 돼요."

여인이 카메라 셔터를 가리키며 말했다.

"네."

남자는 우산을 접어들고 있었고 여인은 쓰고 있던 우산
을 접었다. 부부가 나란히 앉아 포즈를 취했다.

맥문동꽃 만발한 8월. 어느 일요일. 빗방울이 하나씩
들리는 날이다.

사람이 뜸하다. 주위에는 사람이 없다. 그 부부와 앞쪽에 서서 사사(가는 원예용 대)를 구경하는 나 밖에 없다. 나 역시 우산을 쓰지 않고 들고 있었다.

앉아서 포즈를 취하는 부부를 촬영하였다. 방향을 바꿔가면서 배경이 다르게 서너 번 촬영을 하였다. 일어서서 핸드폰을 받으려 오는 모습도 두어 번 더 눌러드렸다.
뒤쪽에는 맥문동꽃이 밭 가득 피어 있다. 보라색 꽃의 요정들이 눈을 반짝이며 사람의 눈을 유혹하고 있다. 오래된 소나무 두 그루가 배경의 아름다움을 더해준다.

핸드폰을 건네주면서
"한번 확인해보세요. 잘못 찍혔으면 다시 찍어드릴게요." 하고 말하자
"감사합니다."
하면서 핸드폰을 받아 든 부부가 얼굴을 나란히 맞대고 핸드폰 폴더를 보더니 활짝 웃으며
"아주 마음에 들게 찍혔네요. 자연스럽기도 하고요. 사진작가이신가 봐요. 감사합니다."
하고 다시 고개 숙여 인사를 하였다.
"아녜요, 사진작가는요. 그냥 눌러드린 것 밖에는 없는데요. 핸드폰이 좋아서 잘 찍혔겠지요. 그런데 저 꽃이

무슨 꽃인지 혹시 알고 찍으셨는가요."

내가 은근슬쩍 묻자

"라벤더 아닌가요."

남자는 웃고만 있고 여인이 역시 말을 받았다.

"라벤더는 허브 종류 아니에요? 저건 맥문동이라고 하는 해열제로 쓰는 약초입니다."

맥문동은 난초 비슷하게 생긴 약초다. 잎은 사시사철 푸르다. 꽃은 8월에 절정을 이룬다. 꽃대가 2·30센티 올라오면서 보라색 꽃이 줄기따라 다닥다닥 달린다.

열매는 겨울에 익는다. 마치 머루처럼 까맣게 익는다. 새들이 열매를 따 먹고 다른 곳에 가서 배설을 하면 과육은 먹이가 되고 씨는 배설물에 섞여 떨어져 파종이 되고 싹이 터서 새로운 개체가 자란다.

어릴 때 뒤뜰 대밭에 들어가면 많이 볼 수 있는 풀이었다. 새가 어디선가 열매를 따 먹고 대밭에 와서 쉬거나 잠을 자면서 배설을 해서 태어난 것들이었다.

음지나 양지 어느 곳이나 잘 자란다. 종자 번식이나 포기나누기 등 가리지 않고 번식이 잘되어 빠른 시일에 많은 모종을 확보할 수 있다.

뿌리는 캐어 보면 땅콩 크기 안팎 정도의 덩이뿌리가

주렁주렁 매달려 있다. 옛날 식량이 적을 때, 보릿고개를 맞으면 맥문동을 보리 대용 식량으로 먹었기에 맥문동이라는 이름이 붙었다고 한다.

맥문동 뿌리는 한약재다. 해열재로 쓴다. 인삼 먹고 열이 오르면 맥문동밖에 약이 없다는 말을 한의사에게서 들었다.

감기약을 지을 때 주로 들어가는 것도 맥문동이다. 임산부가 감기에 걸리면 다른 약은 못써도 맥문동은 임산부에게 써도 된다고 한다.

임산부가 감기에 걸렸거나 기침을 하면 맥문동 적은 양에다 물을 많이 부어 달여서 먹으면 땀이 많이 나고 낫는다고 언젠가 TV에 나온 한의사가 말했다.

여름 더위를 이겨내는 한방차로 생맥산이라는 게 있다. 생맥산은 맥문동 40g, 오미자 20g, 인삼 20g을 달여 만든 차가 생맥산이다. 더위를 먹거나 기운이 나게 하려면 오미자와 맥문동, 황기를 달여 먹어도 좋다. 여름 원기 보강으로는 맥문동 100g, 오미자 100g, 인삼 200g을 달여서 냉장고에 넣어두고 차처럼 마시면 효력이 있다고 한다.

요사이 맥문동은 아파트 주면 녹지나 화단, 공원 어디를 가나 흔하게 볼 수 있다.

번식이 쉽고 기후 토양 가리지 않고 사시사철 잘 자라므로, 한 번 심으면 관리하지 않아도 잘 자라는 특성상 많이 심는 것 같다.

저 꽃이 맥문동이라는 것을 꼭 알아야 할 필요는 없다. 하지만 알고 바라보면 즐거움은 배가 된다.

맥문동 같은 여인이라면 나는 그를 좋아할 것이다. 사시사철 변함없는 그런 여인. 아무 곳이나 잘살 수 있는 강인한 생명력이 있는 여인. 독성이라고는 하나도 없는 그런 여인. 내가 열이 날 때 열을 식혀줄 그런 여인. 보랏빛 아름다운 꽃의 향기로운 눈빛을 내게 보내주는 그런 여인.

공원이나 아파트 주변, 어디를 가나 맥문동은 흔하다.
나에게도 맥문동 한 포기가 있다.
나와 평생을 함께 살아온 조강지처(糟糠之妻).
나와 평생을 함께 살아갈 여보, 당신.
당신이 바로 맥문동이었구려.

입동에 핀 철쭉꽃

2013년 11월 7일 입동날.
운동 삼아 천변 산책길을 걷다.

천변 언덕에 잘 다듬어진 철쭉나무가 쭉 이어져 있는
길, 그 울타리에 빨간 철쭉꽃이 두 송이 얹혀 있었다.

누가 꽃을 얹어 놓았을까? 속으로 생각하면서 꽃을 들
여다보았다.

꽃을 누가 얹어 놓은 것이 아니고 꽃은 자연적으로 피
어서 두 송이가 나란히 달려 있었다. 색이 얼마나 고운
붉은색이었는지, 내 입에서는 아! 곱구나, 하는 혼잣 말
이 저절로 새어 나왔다.

철쭉은 진달래와 함께 봄에 피는 대표적인 봄꽃이다.
근래 들어서면서 가을에나 겨울에 더러 피기도 한다. 온

난화하는 기후 탓이라고 사람들은 말한다. 그러나 자세히는 모르겠다. 봄에 피는 꽃은 대부분 일정 기간 추위를 거쳐야 피는 생리를 갖고 있다. 봄꽃은 온도가 올라가야 피는 생리도 함께 갖고 있는데 이에 맞는 말인지도 모르겠다. 봄에 피어야 하는 철쭉꽃이 만추에 피어나 저리도 아름다울 수가.

사람도 저 꽃 같은 분들이 가끔 있다. 나이가 많은 분들이 인생의 화려한 꽃을 피우는 예를 방송이나 지상을 통해서 우리는 가끔 접한다.

올 1월에 101살로 세상을 떠난 일본 시인 시바타도요도 이 꽃 같은 분이다. 아니 그 분은 만추가 아닌 깊은 겨울에 꽃을 피운 예가 될 것이다. 시바타도요는 90살 되던 해부터 시를 쓰기 시작하여 97세인가에 첫 시집을 내고 그 시집은 베스트셀러가 되어 많은 독자의 사랑을 받은 시집이 되었다.

누구나 노력하면, 늦지 않았다고 생각한다면, 시바타도요가 될 수도 있다. 봄에 꽃을 피우지 못하고 여름에 겨우 꽃을 피웠다고 해서 서운해하거나 후회는 말자. 여름에 꽃을 피우지 못하고 가을에 꽃을 피웠다고 서러워하거나 안타까운 생각은 말자. 나이 먹었다고 포기하지 말자. 포기처럼 나쁜 실패는 없다. 가을이든 겨울이든 열정만 있으면 노력만 하면 누구나 꽃은 피울 수 있다. 봄, 여름, 지나 겨울에 피어도 사람들에게 아름다움을 선사할 수 있다. 그로 인해 더 많은 사랑을 받을 수도 있다. 시바타 도요처럼. 아래 시는 아들이 사업에 실패해서 좌절하고 있는 것을 보고 썼다고 한다.

詩
　약해지지 마
　　　　시바타 도요

있잖아, 불행하다고
한숨짓지 마
햇살과 산들바람은
한쪽 편만 들지 않아
꿈은
평등하게 꿀 수 있는 거야
나도 괴로운 일
많았지만
살아 있어 좋았어
너도 약해지지 마

화분

올봄. 큰사위가 회사를 옮겼다. 화분이 너무 많이 들어와 놓아둘 곳이 없다고 화분 3개를 집에 가져왔다. 맵시가 단정한 동양란과 흰 꽃이 떼 지어 날아다니는 것 같이 많이 피어있는 호접란, 또 하나는 노랑꽃이 줄기 가득 탐스럽게 피어 있는 양란이다.

화분을 가져다 놓으니 좋기는 하였지만 어떻게 관리를 해야 하나 하는 걱정이 함께 자리를 차지했다. 나는 꽃 가꾸기를 좋아해서 어렸을 적에는 조그만 꽃밭을 만들기도 했다. 화분에 화초를 키우거나 분재를 한다고 분에 나무를 심기도 했지만 난초를 가꾸어본 일은 없다. 난초 가꾸기는 어렵고 까다롭다고만 알고 있다.

젊었을 때 농촌지도자협회에서 난초 재배하는 곳에 견

학을 간 일이 있었다. 난초 화원에 들어서니 은은한 향기가 코에 보드라운 비단처럼 감겨들었다. 한쪽에서는 선풍기가 돌고 있었다. 농장주가 하는 말이 난초는 바람이 있어야 병들지 않는다고 하였다. 그것밖에 아는 것이 없어 창문 쪽 바람이 들어오는 곳에 화분을 놓았다.

예전에 화원을 했던 아는 분에게 전화를 걸어 난초 관리를 어떻게 해야 하냐고 물었다. 화분에 담겨 있으면 다른 관리는 별로 할 것 없고 일주일에 한 번씩 물만 주면 된다고 했다. 1년 후쯤 분갈이를 해주면 된다고 했다. 지나는 길에 아파트 상가 화원에 들러서 다시 물어보았다. 물은 일주일에 한 번씩 주면 되는데 위에서 주지 말고 큰 그릇에 물을 많이 떠놓고 화분을 담가서 충분한 량의 물이 스며들게 해서 꺼내라고 했다.

그런 식으로 했는데도 자라는 것이 신통치 않았다. 잎은 윤기가 없어졌다. 꽃에 검은 반점이 생기고 꽃잎이 지저분하여 떨어졌다. 포기 옆에서 나오는 새끼 순도 자라지 않았다. 호접란은 작은 줄기의 잎이 피어나지 않고 떨어졌다.

난초도 원래 흙에서 자란 것이니 흙을 갈아주어야 겠

다, 생각하고 마사토와 거름이 있는 흙을 배합했다. 난초는 마사토에 재배해야 한다는 말이 떠올라서였다. 난초 화분에 있는 소나무 껍질을 걷어내었다. 이게 웬일인가. 윗부분 조금만 소나무 껍질로 덮여 있고 온통 스티로폼 쪼가리로 채워져 있었다. 제일 밑에는 작은 화분 깨진 것이 거꾸로 앉혀져 있었다.

'세상에 이런 나쁜 놈들이 있나.'

나도 모르게 욕이 튀어나왔다.

뿌리는 거의가 다 썩었고 새 뿌리 몇 가닥이 소나무 껍질이 있는 곳으로 겨우 뻗어 있었다. 그런 것도 모르고, 예전 농사지을 때 톱밥이 작물에 좋았기에 소나무 껍질도 좋겠지 하는 생각으로 놓아둔 것이 씁쓸했다.

섞어 두었던 흙에 소나무껍질을 다시 섞어서 분에 삼분의 일쯤 넣고 난초를 얹은 다음 서서히 난초를 들어 올리는 듯하며 흙을 채웠다. 물은 일주일에 한 번씩 주었다. 잎에 묻은 먼지도 씻어줄 겸 위에서 비가 오듯이 물뿌리개로 뿌려주었다. 자연 상태에 있을 때 비를 맞고 자랐을 것이란 생각에서였다.

한 달쯤 지난 뒤에 동양란은 새로운 촉이 세 개나 올라왔다. 호접란도 잎에 윤기가 생겼다. 서양란은 마치 신록을 맞은 유월의 잎처럼 깨끗한 녹색의 잎이 되었다. 곁에 새로 나온 순들도 맑은 녹색으로 자라고 있다.

식물이나 동물이나 사람이나 자연 상태를 유지해 주는 것이 건강하게 살아가는 기본 요소가 아닌가 하는 생각을 다시 해 보는 계기가 되었다. 방금 물을 준 잎 위로 아침 햇살이 반짝인다. 바람이 살랑살랑 지나간다.

배스와 가시박

얼마 전 집사람과 함께 서울 숲 공원에서 바람을 쐬고 오는 길. 꼭 박 같은 잎의 넝쿨이 우거져 있는 것을 보았다. 아무리 살펴보아도 박 같은데 박은 아니었다. 잎이 박처럼 생겼고 줄기도 박처럼 뻗어가는데, 꽃이나 열매는 보이지 않았다. 또한 그곳에 누가 박을 심었을 리도 없는 곳이었다. 몇 번을 보고 또 보고, 이상하다 하는 생각과 함께 박처럼 생긴 식물이 있나 보다 하고 돌아왔다.

오늘 아침 신문을 보는데 '가시박'에 대한 기사가 있었다. 얼마 전 내가 본 그 박 같은 넝쿨이 가시박이었던 것이다.

가시박은 토종식물이 아니고 귀화한 식물로 토종식물 교란종이라는 것이다. 1970년대 옥수수 사료에 종자가 딸려 들어온 것으로 추정된다고 한다. 박과의 1년생 식물로 넝쿨이 최대 12m까지 뻗어가며 한여름에는 하루에 무려 30cm까지 자란다고 한다. 번식력도 좋아 열매 하나에 20~40개의 씨앗이 열리고 한 줄기의 넝쿨에서 8,500개까지 씨앗을 퍼뜨린다고 한다. 종자 수명도 60년을 가며 보통 흙속에 묻혀서 6년까지 발아를 한다고 한다.

풀이나 어린 나무를 뒤덮어서 그 밑에 있는 풀이나 어린 나무는 자랄 수가 없고 죽는다고 한다. 물에 떠내려가면서 번식지를 넓히고 아무 데서나 싹이 터서 자라기 때문에 번식 속도가 빨라, 많은 예산을 투자해도 근절하기가 어렵단다.

저녁에 뉴스를 보는데 역시 가시박에 대한 얘기가 나왔다. 신문과 함께 공유한 뉴스인가 보다. 하는 생각을 하였다.

우리는 주위에서 환삼덩굴을 흔히 본다. 환삼덩굴이 뻗어가는 곳에도 다른 식물은 자라지 못하고 죽는다.

내가 사는 곳에는 서부간선수로가 있다. 서부간선수로에 산책길을 만들어 놓았는데 수로 양 언덕이 환삼덩굴로 가득 차 있다. 구청에서 환삼덩굴과 잡풀 제거작업을 하는데 9,10월에 베는 작업을 한다.

환삼덩굴이 싹이 터서 30cm 이하로 자랐을 때 뽑아버리면 제거하기도 쉽고 종자가 맺지 않을 때이므로 번식도 안될 것인데 왜 그렇게 하는지 알 수 없다. 구청장이나 구의원 책상에는 환삼덩굴이 자라지 않기 때문에 그런 것은 잘 모르는지 알 수가 없다.

집사람과 나는 봄에 가끔 그 길을 걷다가 쉬면서 뽑기도 해보지만 어느 누구 한두 사람의 힘으로는 어려운 일이다.

지금 가시박은 환삼덩굴보다는 덜한 것 같다. 환삼덩굴처럼 되기 전에 빨리 씨를 말려야 할 것이다.

신문에는 70년대 쥐잡기 운동처럼 제거운동을 벌여야한다고 쓰여 있었다. 그렇다, 70년대 쥐잡기 운동처럼 환삼덩굴이나 가시박을 없애야 할 것이다.

어디 환삼덩굴이나 가시박 뿐인가.

황소개구리나 배스도 있다. 황소개구리나 배스가 있는 곳에는 붕어를 비롯한 토종어류는 찾아볼 수가 없다고 한다. 그나마 다행인 것은 황소개구리는 어느 정도 없어졌다고 한다.

배스는 호수나 강, 저수지 등 없는 곳이 없다고 한다.

낚시방송을 보면 배스가 손맛이 좋아서 낚시꾼들이 배

스낚시를 좋아는 하지만 낚아서 그대로 살려주는 것을 많이 본다. 방송 특성상 생명을 귀중히 여기는 것도 함께 보여주기 위해서 그러리라 생각은 한다. 배스는 맛이 없어서 먹지 못한다고 한다. 강원도 어느 군에서는 배스를 잡아오면 마리당 얼마씩 보상금을 준다고 한다. 사들인 배스는 가공을 하여 물고기 사료 등으로 쓴다고 한다.

우리 토종을 멸종시킬 이런 동식물들은 동식물계의 국제 갱단이나 마약조직이나 사기단이다. 옛날 쥐잡기처럼 국가에서 대책을 세워 없애는 방법을 강구해야 한다고 강력히 주장해 본다.

클로버

　유치원 가는 길 언덕에 클로버꽃이 지천이다.
　벌들이 이꽃 저꽃 옮겨 다니면서 꿀을 채취하기에 여념
이 없다. 클로버는 무리지어 있다. 멍석이나 밭처럼 넓게
자리를 차지하고 그들의 마을을 이룬다. 그만큼 번식력이
좋아서다. 씨로 번식도 하지만 줄기가 뻗어가면서 번식하
는 번식력 특성상 그런 형태의 자생지들이 만들어지고
있다.

　클로버밭을 지나갈 때는 나도 모르게 네잎클로버가 있
는지 눈이 간다. 네잎클로버는 행운을 가져다준다고 믿고
있기 때문이리라. 이 세상에 행운을 싫어하는 사람은 아
마 한 사람도 없을 것이다. 나뿐만이 아니고 모든 사람들
이 클로버밭을 지나가면 네잎클로버가 있는지 눈을 줄
것이다. 행운을 바라는 마음은 누구나 다 같기 때문이다.

나폴레옹이 전쟁 중 네잎클로버가 있어서 신기한 마음에 말 등에서 그걸 내려다보는 순간 총알이 머리 위를 스쳐 지나가 위기를 모면했다는 꽃의 일화가 있어서 네잎클로버는 행운을 의미한다고 하는 얘기를 모르는 사람은 거의 없을 것이다.

네잎클로버는 기형이다. 장애를 가진 잎인 것이다. 장애를 사랑할 줄 아는 사람에게 행운이 온다고 신은 우리에게 말을 했는지도 모른다. 요즘 유명강사들의 말을 들어보면 세잎클로버는 행복이라고 한다. 찾기 어려운 행운을 찾는 것보다는 주변에 널려 있는 보통을, 행복으로 알고 살아가면 인생에 행복이 함께 한다는 말이다. 우리는 네잎클로버를 찾기 위해서 얼마나 많은 세잎클로버를 짓밟아야 하는지를 생각하여 보아야 한다고 말을 한다. 하나의 행운을 찾기 위해서 일상적, 보편적, 행복을 얼마나 많이 지나치고 버리고 놓치는가를 말해주는 것이다.

클로버는 영어로 clover라고 쓴다. 앞의 c와 끝의 r을 떼어내면 love, 즉 사랑만 남는다. 마음속에 사랑을 간직하고 있으면 행운이 온다는 말이다. 여기서 말하는 사랑은 남녀 간의 사랑을 말하는 것이 아니고 크게 말하는 인간의 사랑을 말하는 것이리라.

꽃숭어리가 크고, 싱싱하고, 꽃대가 높이 올라온 것으로 한 주먹 가득 뽑아 들었다. 꽃들을 가지런히 모아들었더니 마치 신부가 들고 있는 부케 같은 꽃다발이 되었다. 옆을 지나도 향을 느끼지는 못했는데 꽃향이 진하게 코에 스며든다. 한 주먹 쥐고 간 꽃을 보고 아이들이 좋아서 환호를 한다. 클로버꽃을 두서너 개씩 나누어주고 꽃반지, 꽃시계를 함께 만들었다. 어릴 때 우리들은 잘도 만들었는데 도시에서 자란 아이들에게는 서툰 놀이인 모양이다. 플라스틱 장난감이나 인터넷 게임은 눈 감고도 척척 잘 하는 아이들이지만 꽃으로 시계나 반지를 만드는 놀이는 영 익숙하지 않은 놀이처럼 보였다. 처음에 호기심을 갖고 달려들던 아이들도 대부분 해보아도 잘 되지 않자 선생님 보고 만들어달라고 손을 내민다. 만든 시계나 반지를 손가락이나 손등에 채워주자 채 십분도 안 가서 싫증을 내고 뜯어버렸다.

정리 겸 청소를 시키면서 '이건 행운의 꽃인데 이렇게 버리면 너희들은 행운을 버리는 거야.' 하고 말했지만 아이들이 그 말을 알아듣기나 하겠는가.

이 말을 알아들을 나이 정도가 되면 오늘 만든 이 풀꽃 반지를, 풀꽃 시계를 기억하고 있을 아이들이 한 명이라도 있을까 하는 생각을 해 보면서 웃음 아닌 웃음을 웃는다.

대(竹;대죽) 품은 밭

죽순이 키가 훌쩍 컸다. 어미대 그리고 이웃 어른대와 머리를 나란히 하고 있다. 황소 뿔보다 더 큰 죽순을 시장 여기저기서 팔던 때가 한 달도 채 안된 것 같은데 벌써 저렇게 키가 컸다.

고향집 뒤뜰에는 대밭이 있다. 그때만 해도 대가 실생활에 많이 필요해서 심었지만 지금은 별 쓸모가 없게 되었다. 별로 쓸모가 없게 된 것이 아니라 귀찮은 존재가 되었다. 집을 20여 년 비워두었더니 서까래가 내려앉고 곳곳이 부서졌다. 앞쪽에 지붕이 반 가까이 부서졌다. 고향마을 사람들을 만나면 보기가 좋지 않다고 했다. 철거를 하는 것이 좋겠다는 말을 하기도 했다. 관리하던 분에게서 연락이 왔다. 군청에서 철거 자금을 지원받아 철거를 할 수 있다는 연락이다. 철거를 하라고 하였다. 46년을 살아 정들었던 집을 4,5년 전에 그렇게 철거를 하였다. 그 날 저녁 하룻밤을 뒤척거리다 뜬 눈으로 밤을 새웠다.

집을 철거하고 나니 지금은 아무짝에도 쓸모가 없는 대밭이 문제가 됐다. 집 뒤쪽에는 왕대가, 옆쪽에는 신의대가 꽉 들어찬 것도 모자라 집터 자리와 마당으로 번져오고 있다. 포클레인으로 대밭을 정리하고 다른 작물을 심으라고 집터를 관리하는 분께 말을 해도 들은 척도 하지 않는다. 내가 가서 할 수도 없는 여건이고 진퇴양난의 형편이 되었다. 선산의 묘 주위에도 산죽(山竹 : 산대)이 무성하고 묘지로 자꾸만 뻗어 들어와서 골칫거리가 되어 있다. 예전에는 생활 전반에 걸쳐서 안 쓰이는 곳이 없을 만큼 쓰임새가 많았는데 지금은 대가 사용됐던 곳들을 플라스틱이 차지했다. 대는 골칫거리가 되었다. 격세지감을 느낀다.

나는 자라면서 죽순나물을 먹어본 일이 거의 없다. 죽순을 해 먹는다는 말을 들었을 뿐이다. 죽순이 나올 때 독 그릇을 덮어두면 그 안에서 연한 죽순이 자라 많은 양의 죽순을 따먹을 수 있다는 말을 듣기는 했다. 대가 귀한 만큼 죽순도 귀한 물건이기도 했거니와 대밭에서 벗어난 죽순을 한 번인가 꺾어다 해 먹어 보았더니 다른 나물 같지 않고 맛이 없었다. 도시로 이사 온 뒤 먹어보았으나 역시 맛은 별로였다. 무색무취의 맛, 다른 재료와 섞이면서 비로소 섞인 재료의 맛으로 먹는다고나 할까. 버섯처럼 자기 자신의 맛보다는 함께 넣은 다른 재료의 맛에 좌우되는 듯했다. 대나무의 이미지와는 영 다른 느낌이 들었다.

대를 흔히들 대나무라고 말을 한다. 대는 대다. 한문으로 죽(竹)이다. 나는 대가 흔한 지방에 살았었지만 그 지방에서는 대나무라고 하지 않는다. 대라고 한다. 오히려 표준어를 사용한다는 서울에 와서 대나무라고 하는 말을 많이 들을 수 있다.

'나무도 아닌 것이 풀도 아닌 것이 곧기는…….'
하는 윤선도의 오우가처럼 나무도 아니고 풀도 아니다. 나무는 목질부, 즉 부름켜가 있어야 나무로 분류한다. 반면 부름켜가 없으면 풀이라고 한다. 대는 부름켜, 즉 목질부가 없어서 나무 종류는 아니라고 해야 한다고 숲·생태 교육을 받을 때 배웠다. 대는 우리가 흔히 말하는 뿌리를 줄기라고 한다. 땅속으로 줄기가 뻗어나가면서 줄기에서 내린 뿌리가 진짜 뿌리라는 명칭의 뿌리다. 우리가 말하는 대는 줄기에서 자란 가지다. 한 마디로 줄기식물이라고 하면 맞는 말이다.

대는 나무처럼 몇 년을 자라지 않는다. 5,6월 죽순이 나온다. 죽순은 한 달 정도 자라면 다 커버린다. 하루에 1m 정도 큰다. 2~30개의 마디가 있는 상태로 태어나서 마디의 길이가 길어지는 것이 크는 것이다. 태어나서 한 달 정도 커서 50년 정도 산다. 대꽃은 100년에 한 번 핀다고 하는데 꽃이 피면 그 대밭은 죽는다. 완전히 죽는 것이 아니고 쇠락을 한다. 다시 작은 솜대들이 나고 잘 가꾸면 서서히 대밭이 된다. 마치 국가의 흥망성쇠를 축소하여 놓은 것이라고 표현하면 맞는 말이 될 것 같다.

대는 종류가 많다. 왕대(참대)는 마디가 길고 고와서 주로 죽세공품으로 사용한다. 분죽(솜대)은 마디가 왕대보다 짧고 단단하여 도리깨나 빗자루 또는 울타리 막는데나 집을 지을 때 많이 사용한다. 맹종죽은 마디가 짧고 밑동이 굵어서 죽순용으로 재배를 하고 공예품 재료로 많이 쓴다. 부채를 만들 때도 맹종죽을 쓴다. 오죽은 검은 대다. 경포대가 오죽헌이라고 하여 유명하다. 주로 담뱃대나 지팡이 등으로 쓴다. 신의대는 낚싯대 또는 잉아대 등 마디가 고와서 섬세한 곳에 쓴다. 연도 신의대로 살을 만든다. 어렸을 때 연을 만들기 위해서 신의대를 구하러 다녔던 생각이 난다. 산죽은 신의대의 일종으로 조릿대로 쓴다. 사사는 원예용으로 쓴다. 이처럼 종류가 다양하고 쓰임새도 다양하다. 약용으로 쓰기도 한다. 댓잎은 살을 빼는데 또는 해열, 이뇨, 구토, 중풍, 염증치료 등등 여러 곳에 쓰인다고 한다, 특히 성질이 차서 따뜻한 체질에 체질 개선으로도 좋다고 한다. 누구나 다 아는 죽염, 죽통밥, 죽통술 등도 있다.

지진이 날 때 대밭으로 가면 산다. 6.25 전후 무렵에는 대밭 밑에 굴을 파고 피신처로 삼은 사람도 많았단다. 폭탄이 떨어져도 무너지지 않는 곳이 바로 대밭이라고 한다. 대 줄기나 뿌리의 강건한 어울림 때문이다.

누구나 아는 진부한 얘기지만, 대는 사시사철 푸르다. 대는 곧게 자란다. 대는 부러지지 않는다. 대의 특성을 사람들은 닮고자 한다. 특히나 옛날 선비들은 절개와 지조를 중히 여겨 대를 선비정신의 근간으로 삼았다. 마음은 물론이고 삶 또한 대를 닮고 싶어서 시나 글로 쓰거나 그림으로 그려 곁에 항상 두고 삶의 지표로 삼으려고 노력하였다.

성질이 곧은 사람을 대쪽 같다고 한다. 성질이 꼿꼿한 사람을 대꼬챙이 같다고 한다. 또는 대막대기 같다고 한다. 대가 플라스틱에 자리를 내주고 골칫거리가 된 세상이 되어서 그런지 지금은 대를 지표로 삼은 선비(공직자)가 드물다. 플라스틱 공직자가 많다.

국무총리나 장관이 되려면 국회 청문회를 거쳐야 한다. 청빈한 공직자 감이라고 철저한 검증을 거친 대상자들이 낙마하는 사람이 많다. 대는 못되더라도 적어도 대를 품은 밭은 되어야 하는데, 그 높이까지 오면서 큰 바람, 작은 바람을 머리끝으로 넘겨 보내지 못하고 비어 있는 속을 채워보려고 잡아들인 까닭일 터다.

물질만능의 세상에 대 같은 사람을 찾는다는 것은 태산에서 바늘을 찾는 것보다 어려운 일이다. 하지만 사회는 갈수록 대 같은 사람을 원하고 있다는 것을 알아야 한다. 대를 품은 마음의 밭을 만들어야 앞으로는 성공의 정상에 앉을 수 있을 것이라는 생각을 해 본다.

대는 주위의 대와 서로 부대끼려 하지 않는다. 주위의 대와 키를 나란히 한다. 혼자 떨어져서 나면 그 대는 크기를 다하지 못하고 곧기를 다하지 못한다.

빈부의 격차가 갈수록 심해지는 현대사회를 대밭에 비

유해 본다. 대의 곧음도 교훈이 되겠지만, 혼자 우뚝하게 크려 하지 않고 함께 키를 나란히 살아가는 모습 또한 귀감의 대상으로 삼고 칭송 받아야 할 일이다.

썩은 수숫대가 가득한 묵전밭 같은 세상에 지위고하를 막론하고 우리 모두가 대를 품은 밭이 되어 정신의 지주로 삼아야 할 것이 대가 아닌가 하는 생각을 해 본다.

6

소금은 자신의 몸에 배어있는 젖은 것들을
아침마다 배설하고 공기와 화합하여 바실
바실한 당분을 만든다. 소금은 그래서 오래
될수록 짜면서도 달콤한 맛을 갖는다.

수문장

광화문 앞에 서 있는 수문장.

꼭 사람 같은데 눈썹 하나 까딱하지 않는다.

움직임이라고는 찾아볼 수 없다.

들어갈 때도, 몇 시간을 지나 나올 때도, 같은 위치 같은 모습이다. 처음엔 '사람이 군졸 복장을 하고 서 있겠지' 하였는데, 나올 때는 '사람이 아니고 마네킹이로구나' 하는 생각이 들었다. 사람들이 곁에 서서 사진을 찍어도 포즈는 커녕 움직임이라고는 없다.

혹시나 침입자에게 군사가 다칠까 봐 임금님이 가짜 군졸을 수문장으로 세워 놓았을까. 아니면 가짜 군졸인 척하고 있다가 적이 들어오면 가까이 왔을 때 기습적으로 옆구리에 창끝을 찔러대려고 저리 서 있는 것일까.

멀리서 화살이라도 날리면 그때는 어찌하려고, 가짜 수

문장이 맞구나 하고 생각을 가다듬는다.

엄마와 같이 온 서너 살 되어 보이는 아이가
"엄마, 저게 진짜 사람 맞아?"
하고 묻자 엄마도
"응."
해 놓고 고개를 갸우뚱한다.
엄마와 같이 온 아이가 몹시 궁금한 모양이다. 가까이
가더니
"아저씨 진짜 사람 맞아요?"
하고 움직임이라고는 없는 손을 만지자 수문장의 입꼬
리가 살짝 올라가고 눈꼬리가 살짝 내려온다.
임금님이 계시는 대궐을 지키는 군사 마네킹도 아이 앞
에서는 어쩔 수 없구나, 들킬 수밖에…. 속으로 슬그머니
웃음이 나왔다.

날카로운 창끝에 바람도 옆구리 찔릴까 봐 허리 숙여
걷는 궁궐 앞, 얼굴을 보니 군인은 차가워야 한다고 쓰여
있는 것 같다. 마음이 따뜻하면 어찌 적의 가슴에 날카로
운 창끝을 찔러 박을 수 있으리. 그러나 저기는 광화문,
쳐 들어오는 적을 막기 보다는 드나드는 신하와 드나드
는 백성 중에서 수상한 사람을 가려내는 일이 수문장의

임무일 것이다. 수문장이 이 사람 저 사람 다 신원을 확인하고 몸수색을 한다면 불편과 두려움은 너무나 클 것이다. 저렇게 만든 사람처럼 가만히 서 있다가 날카롭고 냉철한 판단력으로 위험성이 있는 사람의 가슴에 순간적으로 창끝을 들이대고 심문을 하는 수밖에.

이조를 살아보지 않아서 알 수는 없지만 나의 현대적인 생각의 틀로 짜 맞추어 보는 구성이다.

나이는 먹는 것이 아니다

나이는 먹는 것이 아니다. 채워가는 것이다.

원로 연극배우 박정자 선생님이 한 말을 듣고 나이에 대하여 생각을 다시 하여 보며 부연을 붙인다.

태어나서 이십 세까지 철없을 때, 내 힘이 아니고 부모님의 힘으로 내가 밥을 먹고, 뼈가 자라고 살이 붙고, 기본이 자라고 정신이 푸른색으로 점점 짙어졌을 때, 그때는 나이도 먹으면서 자랐으리라.

스무 살부터 마흔 살까지 그때는 나이를 먹으면서 나이를 채우기 위한 기본을 다지는 시기가 아니었나 하는 생각을 한다. 살과 뼈가 단단해지는 시기, 꽃을 피우기 시작하고 열매를 맺기 시작하는 시기, 세상을 살아가는 기본지식의 밥을 먹고 그 지식을 바닥에 깔아 내 평생 살아가는 방식과 정신의 밑바닥을 채우던 시기가 바로 이 시기가 아니었던가 하는 생각을 한다.

마흔을 넘으면서부터는 나이를 먹는 것이 아니고 채워가는 시기가 되었을 것이다. 여태까지는 나이를 먹어왔지만 이때부터는 나이를 채워가야 하는 시기의 전환점이 되는 시기가 되었을 것이다. 여태까지 먹어온 나이를 기본 틀로, 그릇으로, 거푸집으로 생각하고 거기에 나이를 채워가야 하는 그런 시기가 이 때가 아니었나 하는 생각을 한다. 푸른 과일이 과일의 형태를 갖추는 시기, 치밀한 과육과 맛과 향이 아직 덜 차 있는, 한여름 같은 시기가 바로 이 시기가 아니었는가 하는 생각을 접붙이며 뒤돌아본다.

마흔부터 쉰, 예순까지는 과일이 과육을 치열하게 채우듯, 모든 나이를 속으로 다져 채워가는 시기가 이때가 아니었나 하는 생각을 되새김질해 본다.

예순이 넘으면서부터는 더욱 부드럽고 달고 향기로움으로 나이를 채워가야 하는 노력을 하여야 한다. 칠십이 되고 팔십이 되고 구십이 되고, 나이가 많아지면 많아질수록 얼굴에 주름은 늘어날지라도 몸에서는 더욱 성숙된

맛과 향이 주위에 은은히 퍼지는 사람이 되도록 노력을
해야 하는 사람이 되는 시기, 향기롭고 곱게 나이를 채워
간다면 그 채움이 곧 인간이 인간 세상에 왔다간 좋은
흔적이 되지 않겠는가.

경주마, 차밍걸

101전 101패.

한 번도 1등을 해본 적이 없는 경주마.

1922년 경마가 생긴 이래 한국 경마 사상 제일 많은 연패의 기록을 가진 말. 1013년 10월 은퇴하면서 '위대한 똥말'이라는 닉네임을 부여받은 말.

경주마가 은퇴하면 씨수말이나 씨암말이 되어서 후손을 생산하는 것이 제일 좋은 은퇴 후의 대우라고 한다. 두 번째 좋은 대우가 관광객이나 승마동호회에서 승용마가 되는 것이다. 그도 아니면 안락사 되는 불행을 맞이하는 경우도 많다고 한다.

보통 경주마는 1달에 한 번 경주에 나선다. 경주를 한 번 하면 2주간을 쉬고 2주간을 훈련한 뒤 다시 출전한다. 그런데 차밍걸은 1주 쉬고 1주 훈련 뒤 경주에 나섰다고 한다. 그렇게 쉬지 않고 뛰어서 밥값을 했다고 한다. 이 때문에 특출한 능력은 없었어도 성실하게 일을 하여 생계를 이어가는 서민 같다는 말을 들었단다.

(이 글은 중앙일보 2013년 12월 25일자 12면에 실린 - 경주 못하면 장애물도 못 넘나… 101전 101패 '똥말'의 새 도전 - 이라는 기사를 읽고 썼음을 밝힌다.)

언젠가 운전면허 시험을 900번 넘게 본 뒤에 합격을해서 세상에 알려진 분이 계셨다. 이번 차밍걸 얘기를 읽으면서 왜 그 생각이 함께 겹쳐 떠올랐는지… 아마 비슷한 공통점이 있는 것 같아서였을 것이다.

세상에는 어디 이 두 가지만 이런 일이 있겠는가. 수도 없이 이런 일들은 많을 것이다. 수도 없이 도전하였지만 실패하는 경우도 있을 것이다. 또 성공을 하여 종래는 좋은 결과를 보는 경우도 있을 것이다.

성공을 하면 세상의 찬사가 쏟아진다. 명예가 따라온다. 자신에게 만족이 따른다. 돈도 따라올 것이다. 사회적으로 질시를 받을 수도 있다.

연속 실패만 거듭된다면 좌절과 경제적으로 어려움이

기다리고 있을 수 있다. 이런 결과를 이겨내기란 어지간한 인내력으로는 어려운 일이다. 사람들은 어려움을 극복한 사람을 존경한다. 본받고 싶어 한다. 기억하려 한다.

운전면허를 900번인가 만에 딴 분에게는 자동차 회사에서 차를 한 대 드렸다는 내용의 기사를 읽은 기억이 있다.

경주마 차밍걸은 경기도 화성시 궁평목장에 새로운 둥지를 마련했단다. 그 목장 대표가 은퇴 소식을 접하고 말 주인에게 전화를 해서 기르고 싶다고 했단다.

왜 이런 말을 샀느냐는 기자의 물음에 차밍걸을 보면 마치 95년 목장을 시작하고 너무 힘들어 간신히 버티던 자신을 보는 것 같아 샀다는 대답을 하더란다.

그러면서 덧붙이는 말이 "수학은 못해도 미술이나 음악이나 체육은 잘할 수도 있는 것 아니냐." 차밍걸이 경주마로는 별로였을지라도 다른 것은 잘할 수도 있을 것 같아 그걸 찾고 싶다면서 장애물 비월마로 훈련 중이란다.

"만약 전국체전에서 우승하고 5년 뒤 열리는 아시안게임이라도 출전을 한다면 정말 드라마 같은 일이 아니겠느냐."라는 말을 하였다 한다.

능력은 부족해도 차밍걸처럼 성실한 삶을 살아가는 사람들은 이 세상 구석구석에 수도 없이 많다. 그런 분들과 나 자신, 그리고 차밍걸에게 좋은 장래가 있기를, 좋은 운이 따라주기를 바라는 기원과 함께 격려의 박수를 마음속으로 보낸다.

포기보다 더 큰 실패는 없다

2014년 2월 14일. 신문을 펼치자 한 예쁜 아가씨의 사진이 커다랗게 신문 1면을 장식하고 있었다.

박승희, 러시아 소치동계올림픽 여자 소프트트랙 500m 동메달리스트 박승희(화성시청)였다.

박승희는 선두로 달리다 뒤에 오던 영국 선수가 넘어지면서 함께 넘어졌다. 바로 일어난 박승희는 대여섯 발자국 못 가서 또다시 중심을 잃고 넘어졌다. 그러나 다시 일어나 달렸다. 박승희는 최하위인 4위로 들어왔지만 영국 선수가 실격 당해 동메달을 받았다.

"두 번 넘어졌을 때 그냥 빨리 가야지 하는 생각 뿐이었다. 한 경기에 두 번 넘어진 것은 처음이다. 왜 그랬을까. 그게 실력이다. 마음이 너무나 급했다."라고 박승희는 말했다고 한다.

반면 맨 마지막으로 달리던 중국 선수가 1등을 했다. 기회는 그렇게도 올 수도 있는 것이다. 포기하지 않고 최선을 다한다면.

물은 99c℃에 끓지 않는다. 1℃가 더 높아지면 100℃에 끓는다. 그 1℃를 포기하면 99℃까지 오는데 걸린 노력과 시간과 정성을 포기하는 것이다.

어떤 사람이 금을 캐려고 금맥을 찾아 금광을 파 들어갔다. 아주 멀리, 아주 깊이 파 들어갔는데 그렇게 파 들어 가도 금이 나오지 않아서 결국 포기를 하고 말았다. 다른 사람이 그 금광을 인수하여 1m을 파자 금이 나왔다. 그 사람이 포기하기 전에 1m만 더 팠더라면 그동안 고생한 대가에 결실을 얻을 수 있었는데, 1m을 더 파지 못하고 포기하였기 때문에 성공을 포기한 것이다.

확신이 있는 일이라면 평생이 걸려도 포기하면 안 되는 것이다. 그 일을 하다가 죽더라도 포기하지 말아야 한다.
일을 시작해서 몇 걸음 뗐을 때, 아니다 싶으면 미련을 갖지 말고 떠나든지 버려라. 이건 포기가 아니고 버리는 것이다. 버리는 것과 포기는 다르다.

여기에 비유가 딱 들어맞지는 않지만, 우리나라는 자살률 세계 1위라고 한다. 사람이 세상에 태어났으면 하늘이 준 수명이 다하도록 열심히, 최선을 다해 살아야 한다. 살기가 힘들다고 인생을 포기한다면 그보다 더 큰 실패는 없을 것이다. 어떠한 일이 있어도 인생을 포기하면 안 된다. 꼴찌로 달리던 중국의 선수가 금메달을 받듯이 좋은 날이 그대를 기다리고 있을 것이다, 반드시.

우리 인생은 장거리 경기다. 넘어질 때가 수도 없이 많겠지만 그래도 포기하면 안 된다. 일어나 다시 달려야 한다. 절뚝거리더라도 완주를 해야 한다.

몸을 리모델링하면 인생이 리모델링 된다

'사람도 기계처럼 고쳐 쓸 수 있다면 얼마나 좋을까.' 하는 말을 자주 들으면서 자랐다. 아마 나뿐만이 아니고 다른 분들도 그런 말 많이 들었으리라 생각된다.

옛날에는 머리 염색약도 없었으니 그럴 만도 했다. 지금은 머리 염색 정도는 거의 하고 사는 세상이다. 나이 드신 분들이 흰머리를 감추기 위해서 하는 염색도 있지만, 젊은 분들이 멋을 내기 위한 염색도 있다. 한 마디로 기계나 건축물의 도색을 바꾸는 것과 같다.

10여 년 전에 얼굴에 검버섯이 몇 개 생겨서 피부과에 가서 10만원인가 주고 얼굴 청소를 한 번 했다. 한 오륙 년 지나 다시 한번 6만원인가를 투자해서 피부과에 가서 얼굴 청소를 한 번 더 했다. 말하자면 녹슨 표면을 수리한 것이다. 이것만 해도 자신감이 더 생기는 듯했다.

언젠가 닭발을 먹다가 앞니 하나가 부러졌다. 완전히 부러진 것이 아니고 반만 부러진 것 같았다. 그때 치과에 가서 치료를 했더라면 고칠 수도 있었다는데 그걸 몰랐다. 조금 불편했지만 부러진 채로 살다가 몇 년 지난 뒤 완전히 부러지고 말았다. 양옆 이빨 두 개를 갈고, 걸어서 금니를 해 넣었다. 치과의 견적이 너무나 비싸서 허가 없는 사람에게서 하였는데 싼 것이 비지떡이 되었다. 십 년도 못 가서 양쪽 갈아낸 이빨조차 뿌리까지 썩어버렸다. 두 개를 완전히 제거하고 임플란트로 세 개를 했다. 닭발 하나 잘못 먹고 고생은 고생대로 하고 몇백 만원이 날아갔다. 그렇지만 고쳐서 살 수 있다는 것이 얼마나 좋은가.

눈은 또 어떤가 한쪽 눈이 백내장이 와서 백내장 수술을 했다. 옛날에는 생각도 못했던 일이다, 이삼십 년 전만 해도 백내장 수술을 하려면 이백만 원정도가 들고 20여 일 내외 입원 치료를 해야 했다. 지금은 기술이 좋아져서 십분 정도 수술을 하고 30분 누워 있다 퇴원을 한다. 돈도 35만 원 정도로 해결된다.

몸이 고장 나면 인공적으로 바꾸어가면서 사는 세상이 되었다. 주름을 없애고, 처진 피부를 제거하고, 무릎뼈를 인공뼈로 갈아 넣고, 오장육부도 갈아 넣는 세상이다. 온몸을 고쳐가면서 사는 세상이다. 집을 고쳐 살듯이, 차의 부속을 갈아 넣듯이, 우리 몸을 고쳐가면서 사는 시대다. 시대의 흐름에 맞추어 살아가는 것이 현명한 삶이다. 인간은 이렇게 진화되어 가는 것이리라.

부서진 집을 수리하지 않고 살면, 차 부속이 고장 났는데 고치지 않으면 주위의 부속이 더 빨리 망가져서 못쓰게 된다. 물건이나 기계나 사람이나 같다. 주위의 부속이 망가지기 전에, 고장 나거나 망가진 부분을 고쳐서 쓰는 결단을 가져야 한다.

이 정도는 참아야지, 엄두가 나지 않아서, 아니면 갈아 끼우는 것이 무서워서, 돈 때문에 등등 여러 가지 이유로 고쳐 쓰는 것을 망설이는 경우도 있다. 아직 쓸 수 있는 것을 버리거나 고치는 것은 지양해야 할지라도 더 이상 방치하면 삶의 질을 떨어뜨리거나, 삶에 장애가 된다면 그때는, 좀 무리가 가더라도 용기를 내어서 몸도 고쳐 가야 한다. 고쳐서 더 편안한 삶을, 자신감 있는 삶을, 행복감이 넘치는 삶을 살 수 있다면 고쳐야 한다.

고장 난 곳이 생기면 바로바로 고쳐야 한다. 망가진 곳이 생기면 포기하지 말고 다른 부속을 갈아 끼워서 살아야 한다, 그런 용기와 실행이 나의 행복과 가족의 행복을 가져다준다. 몸을 리모델링해 가면서 산다면 인생도 리모델링된다.

아토피(알레르기) 치료

나는 어렸을 적 두드러기 때문에 많은 고통을 겪으면서 자랐다. 몸에 두드러기가 일어나기 시작하면 손톱에 피가 묻어나도록 긁었다. 어찌나 가려운지 잠도 잘 수 없었다. 긁어대야 했다. 두드러기는 작은 두드러기가 아니었다. 아주 굵은 떡 두드러기가 온몸을 덮을 듯이 일어났다. 아무것도 할 수가 없었다. 잠은 물론 몸을 긁어대느라 밥도 먹을 수 없었다. 약을 먹어도 소용이 없었다. 별의별 방법을 다 써도 소용이 없었다. 나의 두드러기 때문에 할머니는 무척 많은 고생을 하시었다. 그런데 성인이 되고부터 두드러기가 일어나지 않았다. 이유는 알 수 없다. 어떻게 치유가 되었는지.

내 아이들도 어렸을 적 두드러기가 가끔 일어났다. 나를 닮아서 그런가 싶어 겁이 났다. 한약방을 하는 분에게

서 탱자가 두드러기에 좋다는 말을 듣고, 아이들에게 탱
자를 반으로 잘라서 문질러주니 약을 먹여도 들어가지
않던 두드러기가 없어졌다. 어린 탱자(한약방에서 지실이
라 함)를 달여서 먹으면 효과가 좋다. 큰 탱자나 익은 탱
자를 잘라 두드러기에 문질러주어도 바로 없어진다.

아이 아토피 때문에 고생을 하다가 너무나 고통스러워
아이와 함께 저 세상으로 간 마음 아픈 얘기를 뉴스에서
보았다. 얼마나 고통이 심했으면 그랬을까 하는 마음이
들었다. 온몸이 가렵고, 긁으면 상처가 나고 하는 아토피
가 현대의 환경 탓인가, 많다고 한다.

지난해 늦여름 운동을 가는데 아파트 방음벽을 타고 올
라가는 인동초(금은화) 넝쿨을 걷어서 자루에 담는 노인
과 젊은 분이 있기에 어디에 쓰려고 채취하느냐고 물어
보았다. 아토피에 쓰려고 채취한다고 하였다. 이야긴즉
그 젊은이의 아이가 아토피가 심했는데 그걸 쓰고 나았
다고 했다. 그분의 조카애가 아토피가 심해서 해주려고
채취한다고 했다.
인공적으로 심어놓은 것을 몰래 걷어가는 것이라 그분
들이 시간이 없어 하는 바람에 어떻게 사용하는지 등의
자세한 사항은 미처 물어보지를 못하였다.

아마도 내 생각으로는 인동초를 달여서 그 물을 아토피에 발라줄 것이란 짐작만 하였다. 인동초는 상당히 독한 약재라 잘못 먹으면 어른도 고통을 겪는데 그것을 아이에게 먹일 리는 없으리라는 생각에서다.

몸이 아프면 우선 병원에 가서 정확한 진단을 받고 치료를 해야 한다. 그러나 어느 정도 날짜가 지나도 효과가 없으면 다른 병원 두서너 군데를 더 다녀보아야 한다. 한약방을 찾아가 보는 것도 올바른 방법이다. 또는 위험하지 않는 약재라면 민간약을 써보는 것도 한 방법이 된다. 민간약의 근본인 풀이나 나무가 한약이 되는 것이다. 양약도 풀이나 나무에서 추출하는 것이 많다.

백화점에 가서 못 구하는 물건이 동네 구멍가게에서 구할 수 있는 법이다. 반드시 큰 병원에서 병을 다 낫게하는 것은 아니다. 나와 인연이 닿는다면 작은 병원이나 풀뿌리 하나도 효과가 있어 치료가 되고 완치가 될 수있다.
아토피(두드러기 등이나 알레르기) 등은 어린아이 때 심했어도 어른이 되면서 서서히 없어지는 경우도 허다하다. 절대로 포기하지 말고 최선을 다하는 노력만이 사람으로서 해야 할 사람의 일이라 생각을 한다.

이사를 간다

이사를 간다.

집을 구하러 다녔다. 전셋집이 없다.

골목에 전단지가 붙어있는가 하고 골목길을 돌아다녀 보았다. 골목길 전단지는 찾을 수 없다. 붙이면 바로 떼어버린다. 구청 소속 미화원과 생계형 일자리 참여하는 분들이 금방 떼 버린다. 알면서도 혹시나 하고 돌아다녔으나 역시 헛수고였다. 부동산 중개업소를 찾아다녀 보기로 하고 몇 군데 들렸다. 서너 군데 들려서 보니 그 업소가 그 업소처럼 네트워크로 연결이 되어 있었다. 업소를 다른데 같은 물건을 얘기해 주었다.

둘이 살면서 소득은 거의 없는데 아파트에 가서 사는 것은 부담이 되어서 안 간다. 못 가는 것인지 안 가는 것인지 나도 나 자신을 판단 못한다.

옛날 단독주택에서 오래 살아서 습관이 되었는지는 모르지만 아파트보다는 단독주택이 좋다. 단독을 구하러 다녀보았는데 어쩌다 한 곳씩 나온 집이 있긴 했으나 전세는 없고 월세를 원하였다. 그것도 주인이 월세이자를 월 10프로로 계산해서 달라고 한다. 예금이자가 2프로 안팎인데.

정부에서 금리를 내리는 바람에 전세는 더 없다. 집주인들이 전세금 받아보아야 이자가 싸므로 월세를 받는 것으로 전환을 해서다. 정부가 대출 받아 집 사는 사람을 위해서 세 사는 사람을 죽이는 정책을 한다. 물론 경제 전반에 대한 통화정책이긴 하겠지만 돈이 없어서 세 사는 사람의 입장에서는 이런 불만이 안 나올 수 없다. 때문에 집세가 오르면 집값이 오르고 집값이 오르면 집세가 오르는 순환이 계속되는 것이다. 집 없는 사회초년생이 전셋집 마련하는데 월급 받아 한 푼도 안 쓰고 사오년 걸려야 한단다. 집 사는 것은 아예 포기하고 평생을 살아야 한다고 한다.

교회 목사가 사는 집을 세 놓을 예정이라고 했다. 교회는 지금 내가 살고 있는 건축물을 경매로 더 샀다. 이쪽으로 일부 옮기면서 목사가 이쪽으로 오는 모양이다.

집이 단독주택인데 넓고 깨끗해서 살기 좋을 것이라 했다. 그걸 달라고 해 놓았는데 세금 관계 때문에 교회 관계자가 아니면 못 준다고 한다. 다른 사정이 있는지 속사정은 모른다. 종교단체는 세금을 받지 않는다. 주위에 있는 종교단체들을 보면 땅을 늘리고 건축물을 늘려간다. 세금을 하나도 안 낸단다. 팔아서 이익이 생겨도 비영리단체라고 세금을 안 받는지, 그 자세한 내용이나 속사정은 알 수 없다. 아무튼 그래서 그 집은 못 간다.

처음 들렀던 이웃 부동산에서 빌라를 계약했다. 지금 사는 집보다 협소했으나 호랑이 보고 놀란 가슴 고양이 보고 놀란 가슴이 되어 융자부터 살폈다. 다행히 융자가 하나도 없다. 빈 집인 데다 이사 간 사람이 얼마 살지 않아서인지 벽지 등이 깨끗했다. 집 작은 것하고 마누라 작은 것은 사는 것이라는 옛말이 생각났다.
그래 사는 거다.

작은 여자를 마누라로 맞아들이면 좋은 점이 많단다. 작은 사람이 부지런하단다. 좀씨가 아이 잘 낳는다고 하지 않던가, 내년이 70인데 좁은 집에 들어가 살면서 70 넘어 아이 낳을 줄 혹 또 누가 알겠는가. 아이는 복이다. 복이 쌍둥이, 아니 세쌍둥이, 네쌍둥이로 태어날지 기대해 보자.

아이들이 오면 조금 불편하겠지만 아이들이 올 때는 가까이 사는 딸 집으로 옮겨가면 된다. 둘이 사는 데야 크게 불편할 것이 뭐 있겠는가. 좁으면 항상 더 꼭 붙어 살 수 있으니 늙어가면서 금슬이 더 좋아질 수도 있겠지. 하고 위로 아닌 위로를 한다. 내 집이 아니니 일이 년 살다가 마음에 들지 않으면 다른 곳으로 이사 가면 된다. 걱정은 검정 비닐봉지에 담아 안 보이게 꼭꼭 싸서 묶어 던져버려라.

오늘은 토요일, 부동산도 일요일은 쉰다고 한다. 옛날에는 다들 토, 일요일에 집 보러 다녔는데 지금은 토, 일요일은 손님이 없단다. 다 쉰단다. 물에 빠져 옷 버린 놈이 젖은 옷 입고 다리 확인한다고 했는데, 내가 그 꼴이지만 월요일에 등기부등본 확인하고 계약하고 화요일에 짐 싸고 수요일이나 목요일에 이사를 가기로 하자.
이왕 마음먹었으니 속전속결.
홀가분하다.

주인이 야반도주하여 전세금 잃고 경매에 넘어간 집에서 일 년 살면서 마음 앓던 일 다 잊어버리자. 그동안 월세 살았다 생각하자. 집을 사서 살았으면 집값 하락으로 손해 보았을 것이다. 그 폭을 잡자. 한국 사람이 오래 사는 것은 폭을 잘 대서라고 하지 않던가. 그러고 보니 폭을 잘 대서 나도 오래 살 팔자인가 보다.

여태까지 비라도 확 퍼부었으면 하던 마음속 장마구름이 쏜살같이 사라진다.
아! 하늘이 푸르다.

지금, 소금이 필요한 세상

소금은 자신의 몸에 배어있는 젖은 것들을 아침마다 배설하고 공기와 화합하여 바실바실한 당분을 만든다. 소금은 그래서 오래될수록 짜면서도 달콤한 맛을 갖는다.

처음 본 남자 고객이 와서 소금값을 물었다.
"20kg 한 가마니가 15,000원입니다."
그러자 소금 가마니에 표시된 제조일자를 보더니
"작년 것이네요."
"소금은 오래될수록 좋은 것인데요."
하고 말했지만 들은 체도 안 했다.

작년에 증도에 갔다. 소금 생산지다. 당년에 생산된 것은 한 가마니에 2만원, 1년 된 것은 3만원, 3년 된 것은 5만원에 팔고 있었다.

소금은 오래되면 될수록 좋다. 값도 비싸진다.

얼마 전 젊은 여자 고객이 와서 소금을 사 가면서 냉장고에 넣을 곳이 없어서 많이 못 산다고 하였다. 한 되만 달라고 하였다.
"아니, 소금을 왜 냉장고에 넣어요." 했더니
"그럼 어떻게 보관해요?" 하였다.
"소금은 밖에 두고 오래될수록 좋은 것입니다." 하고 말했다.
"그래요 몰랐네요, 한 되 더 주세요." 하고 한 되를 더 사갔다.

소금을 사러 오는 사람들 대부분이 인사처럼 묻는 말이 있다. 수입소금 아니냐는 말이다. 수입소금은 '발이 굵다' 거나, '더 반짝거린다'고 말하기도 하지만 수입과 국산을 가리기란 정말 어려운 일이다. 20년 넘게 소금을 팔았지만 나도 수입과 국산을 구별 못한다. 도매상을 믿고 가져다 파는 수밖에 다른 길은 없다.
"네, 국산입니다. 수입은 따로 있습니다. 수입은 한 가마니에 칠천 원입니다. 소금 한 가마 팔아서 몇 푼이나 남는다고 남의 집 일 년 김장 망칠 일 있어요."
하고 말하면 대부분 믿고 사 가지만 의심스러워 하면서

사가는 사람도 있다.

사다가 써본 사람들이 소금 좋다고 옆집에 소개해 주어서 많이 팔기도 한다. 내년에 쓸 것을 미리 사가는 지혜로운 아주머니도 간혹 있다. 대부분 연세가 있으신 분들이다. 올해 생산된 소금은 간수가 덜 빠져서 쓴맛이 나기 때문이다. 일 년 앞당겨 사다 놓고 간수가 빠진 것을 쓰면 좋은 것이 소금이다.

소금을 잘못 사면 김장이 무른다고 한다. 대체적으로 사람들은 그렇게 알고 믿고 있다. 하지만 김장이 무르는 것은 여러 가지 원인에 의해서 물러지는 것이다.

소금에 원인이 있을 수도 있다. 배추에 원인이 있을 수도 있다. 저장방법에 원인이 있을 수도 있다. 하지만 소금이 제일 많은 오해를 받고 있다. 어떻게 꼭 짚어 말할 수 없는 것이 김치가 물러지는 원인이다.

소금은 우리가 살아가는데 없어서는 안 되는 필수 물건이다. 김장을 하거나, 젓갈을 담거나, 고기를 간하거나, 하는 것이 보편적 소금 사용방법이다. 모든 음식이 다 간이 맞지 않으면 음식 맛을 내기 어렵다. 간이 기본이다. 죽염이나 볶은 소금은 약용으로 쓰기도 한다.

소금은 곡식을 보관하는 데 사용하기도 한다. 옛날에

보리나 벼 등 정부양곡을 수매할 때는, 곡식 가마니를 쌓을 때 소금을 켜켜이 뿌려가면서 쌓았었다. 좀이나 벌레가 생기는 것을 방제하기 위해서 하는 방법이다. 집에서도 보리를 보관할 때는 보리 한 가마니에 소금 두 되 정도를 섞어서 보관하면 여름을 지나도 좀이나 벌레가 생기지 않는다.

옛날에 밤에 자다 오줌을 싸면 키를 쓰고 이웃집에 소금을 얻으러 가서 소금 벼락을 맞고 와야 했다. 나도 한두 번 그랬다. 재수 없는 사람이 왔다갈 때, 가는 등 뒤에다 뿌리기도 한다.

물병이나 물통의 속에 낀 때를 닦을 때 쓰면 잘 닦인다. 소금을 한 주먹 넣고 물을 조금 넣은 다음 마개를 막고 흔들어주면 깨끗이 닦인다.

이사 갈 때 이사 가는 집에 소금을 제일 먼저 가져다놓으면 좋다고 소금을 한 가마니씩 사가는 사람도 있다. 이사 가는 집에 소금 한 가마니를 선물하는 분도 있다.

소금은 깨끗한 곳에 쓰이고 썩는 것을 막기 때문에 흔히 인생에 소금이 되라는 말을 많이 쓴다. 요즈음 세상에 꼭 사용해야 맞을 말이다.

소금처럼 깨끗한 세상, 그런 세상이 된다면 얼마나 좋으랴. 그러나 그것은 한갓 이상에 불과하리라.

작은 소망

내가 좋아하는 꽃은
동백꽃이다.
내가 좋아하는 색은
청록과 노랑이다.

단감 한 그루
동백 한 그루
파초 잎 두드리는 빗방울
월하시 한 그루
뜰에 심어진 집을
왜 떠나와 살고 있을까.

옷

옷을 사 왔다. 검은색 잠바다. 비싸게 보인다. 값이 써
진 표식을 보니 25만 원으로 표기가 되어있다. 물세탁하
면 안 된다. 드라이클리닝 해야 한다.

"가게에 계시면 추우실 것 같아 사 왔어요."

큰며느리가 설에 오면서 사온 옷이다.

"애야, 장사도 안 되는디 이런 비싼 옷 입고 드라이 값
이나 하겠냐. 나는 이런 비싼 것을 받으면 마음이 안 편
트라."

"비싼 거 아녜요, 친정동생 회사에서 직원들에게 싸게
파는 기회가 있어서 3만 원에 산거예요."

그 말을 듣고 마음이 조금 편안해졌다.

나는 잠바를, 그것도 허리 끝이 짤록하게 마무리된 잠
바는 싫어서 잘 안 입는다. 옷을 내려 입으면 보기 싫고
그렇다고 올려 입으면 허리가 허전해서 싫다. 목 부분도

마찬가지다. 너무나 보수적이어서 그런지 목에 카라가 있는 옷이 더 좋다. 카라 없이 목이 셔츠처럼 마무리된 옷은 왠지 속옷 같아 입기 싫다. 옷 색깔도 그렇다. 여러 가지 색깔로 되어있는 옷보다 단조롭긴 하여도 한 가지 색으로 되어있는 옷을 좋아한다. 언젠가 길거리에서 사주를 보았다. 짙은 색보다는 밝은 색이 나에게 행운을 가져다주는 색이라 하였다. 옷도 그렇단다. 전부터 밝은 색 옷을 좋아했는데 그 말을 듣고부터는 더 밝은 색 옷이 나에게 어울리는 것 같았다.

옷은 추울 때 추위 막아주고 더울 때 햇볕 가려주면 된다. 남이 보지 않도록 깊은 살 가려주면 된다. 짐승은 자기가 가지고 싶은 색의 털이나 깃을 가졌을까. 자기 자신도 모르게 부모에게 물려받아 그대로 평생을 입고 다닐 것이다. 사람은 싫증 나면 버리고 다시 사 입으면 그만이다.

어릴 땐 남이 입던 헌 옷을 얻어 입을 때가 많았다. 어쩌다 설이면 옷을 해주어 입어도 몸에 맞지 않았다. 옷은 이삼 년 입을 수 있게 크게 만들어주어서 항상 헐렁한 옷을 입어야 했다. 일 년은 큰 옷을 입었다. 이 년이 되면 거의 몸에 맞고 삼 년이 되면 옷이 작아서 몸에 꽉 끼게 입었다. 내가 입고 싶은 옷은 거의 입지 못했다. 나도 아이들을 키울 때 그렇게 사 주었다. 교복을 사 줄

때는 한 벌로 3년을 입게 사 주었다. 내가 입기 싫어도 큰 옷을 입었듯, 내 아이들도 싫었겠지만 군소리 않고 사 준 헐렁한 옷을 입고 3년 동안 학교를 다녔다.

아이들이 직장생활을 하면서부터는 옷을 자주 사 왔다. 주로 잠바였다. 나는 잠바를 잘 입지 않았지만 사 온 옷을 입지 않을 수 없었다. 그렇게 잠바를 입었는데 아이들은 내가 잠바를 좋아하는 줄 알았는지 사 올 때마다 잠바를 사 왔다. 물론 잠바가 손쉽게 살 수 있어서이기도 하였겠지만. 지금도 마찬가지다. 아이들이 사 온 잠바가 몇 벌 있다. 잠바만 입고 산다. 내 마음에 맞든지 안 맞든지. 체크무늬 잠바도 한 때 유행을 했던 옷이었는데 애들이 사 와서 입고 있다. 목에 칼라가 없는 것. 허리가 잘록한 것. 아이들에게 이런 옷은 내가 싫어한다고 말할 수도 없다. 옷은 사 오지 말라고 하면 그냥 인사치레로 그런 말을 하는 줄 아는가 보다. 사 오지 말라고 해도 사 온다. 이제 내가 산 옷은 옷장에 별로 없다. 검정 가죽잠바. 밤색 무스탕 잠바. 체크무늬 잠바. 거의가 다 아이들이 사 온 옷이다.

내가 옷을 사도 이젠 잠바를 산다. 사는데 손쉽다. 입기도 편하다. 그동안 괜한 투정을 속으로 했나 보다.

나는 비싼 옷을 못 입는다. 돈이 아까워 사 입지도 못하지만 너무 비싼 옷은 왠지 조심스러워 입기 거북하다. 비싼 옷도 없지만 어느 정도 좋은 옷은 장롱만 지키고 있을 뿐이다.

값싼 옷은 부담이 없어 좋다. 신경 쓰지 않고 아무렇게나 입어도 되니 좋다. 색만 마음에 맞고 입어서 편하기만 하면 된다. 얼룩이 조금 져도 씻거나 닦아버리면 된다. 먼지가 묻어도 털어버리면 되니 좋다.

어차피 나도 짐승의 일종. 내가 입고 싶은 옷 입고 사는 것이 아닌데 왜 이리 신경을 쓸까. 아무 옷이나 겨울에 따뜻하면 되고 여름에는 햇볕 가려주면 되는데. 짐승들이 어미가 입혀준 털을 평생 입고 다니듯 나도 누가 사다 주든지 고마운 마음으로 입고 살면 되는 것을. 젊은 애들이 나이 먹은 나보다 유행에 밝고 보는 눈 또한 젊지 않겠는가. 사 오지 말라 하여도 나를 생각해서 사 오는 옷 고마운 마음으로 받아 입고 살자. 이제부터라도.

'하세요'와 '할게요'

"정리할게요."

어린이집 선생님이 아이들이 가지고 놀던 장난감을 정리하라고 하면서 한 말이다.

당연히 '정리하여라' 또는 '정리하세요' 하는 말을 써야 할 말인데 '정리할게요' 하였다.

'정리할게요'라는 말은 '정리하세요'와 같은 말도 아니고 비슷한 말도 아니다.

'정리할게요'는 '내가 정리하겠습니다'와 같은 말이다. 아이들이 '정리하세요' 하고 명령하는 말에 '네, 정리할게요.' 하고 선생님이 대답하는 말이다.

명령어나 지시어를 써야 할 선생님이 정반대인 답변어의 말을 쓴 것이다.

'안 그럴게요', '안 할게요', '그림에 색칠을 할게요' '물

먹을게요' '간식 먹을게요' 등등, 주의를 주면서, 할 놀이를 시키면서, 이런 말을 전반에 걸쳐 거의 쓴다.

아이들을 가르치기 위해서 아이들 위치에서 하는 말이라 이해를 하려 해도 이해가 가지 않는다.

한 선생님만 아니라 다른 선생님들도 다 그런 어법을 쓰고 있다.

예식장에 가도 그런 말을 쓴다. '다음은 맞절을 시키십시오' '다음은 혼인서약을 받으십시오' '다음은 주례사를 하십시오' 이렇게 해야 할 말을, '다음은 혼인서약을 할게요' '다음은 맞절을 할게요' '다음은 주례사를 할게요' 이런 말로 주례자나 사회자 또는 신랑 신부에게 말하는 것을 자주 보았다. 자주가 아니고 거의 그렇게 하고 있다.

요사이 젊은 사람들은 남편을 오빠라고 하는 사람이 많다. 남편을 오빠라고 하는 말은 이미 오래되고 익숙해져 버린 말이다.

그러면 오빠와 결혼해서 살면 남매간에 결혼을 해서 산다는 말이 되는 것이다. 말도 아닌 말을 하고 있는 것이다. 욕이 될 수도 있는 말, 말도 안 되는 말이, 말이 되어서 일상화되고 있다.

비단 어린이집이나 예식장뿐이겠는가. 유아 강사를 교육시키는 복지관에 근무하는 선생님, 강의를 하러 오는 강사들 공직자들, 어딜 가나 그런 어법의 말을 쓴다. 사회 전반에 이런 말이 퍼져 있다.

요사이 젊은 사람들이 말을 많이 줄여서 쓰는 신조어라는 이상한 말들도 말로써 문제가 되지만 내가 남에게 하는 말인지 남이 내게 하는 말인지도 구분하기가 힘든 '하세요'와 '할게요'조차 구분을 하지 않고 뒤바꿔서 쓴다면, 공원에 잘 다듬어진 수목 같은, 오래된 아름다운 모양의 소나무 같은, 우리의 아름다운 언어가 마치 낭떠러지나 산골짜기에 땅 가시나무들이 엉클어져서 앞길을 찾기가 힘든 그런 언어가 되어버리는 것은 아닌지 심히 염려가 된다.

시를 읽으며

시는 어떤 맛일까.

시를 읽으며 생각해 본다.

길가다 바위틈에서 새어 나오는 맑은 물 만나, 손으로 한 움큼 떠서 마시는 맛. 손에 얹히고, 눈에 보이고, 먹으면 시원함이 온몸에 쫙 퍼지는 느낌을 주는 맛. 땀 배인 겨드랑이 사이로 살짝 스쳐가는 솔바람 같은 느낌. 바람처럼 보이지 않아도 시원함이 스쳐가는 느낌.

이런 맛이나 느낌을 안겨주는 시들은 몇 발자국 가다 보면 다시 돌아서서 그 시가 읽고 싶어 지는 것이 아닐까.

시가 안 읽힌다. 어렵다. 난해하다. 점점 더 어렵고 난해한 시들을 써가고 있는 것이 요즈음 시단의 유행병은 아닌지, 하는 생각을 하는 사람들이 많은 것은 누구나 다 공감하는 사실이다.

어떤 시 낭송회에서 중진 시인 두 분이 시 낭송이 아닌 낭독을 한 뒤에 내 시는 나도 모르겠다. 하는 말을 하였다. 이 말을 듣고 저 말이 무슨 말일까 하는 생각을 한 적이 있다.

자기도 모르는 시를 써놓고 누구더러 감동을 받으며 읽어달란 말인가. 물론 그 말에는 이미 이 시는 자기가 써놓은 감동을 떠나 독자의 몫이 되었으니 독자는 또 다른 감동으로 읽어달란 말이 될 수 있다. 또 한 편으로는 요사이 유행하는 난해시를 썼으니 높이 보아주십시오. 하는 잠꼬대 정도로 들렸으니 내가 너무 무식해서인가.

원효처럼 진리를 찾아 모래사막을 며칠이고 몇 달이고 가는 고행자가 있다. 깨달음을 얻고, 깨달음을 우리가 살아가는 세상에 알려주는 사람. 나는 그들이 바로 평론가라고 말하고 싶다. 어려워도 모래사막을 가듯 시의 깊은 진리를 찾아내려 하는 고행자. 명시들이 명시로서 빛을 보게 하는 임무를 가진 사람들이다.

보석을 캐는 사람들이 있다. 보석을 찾기 위해 수십 미터 아니면 수십 킬로의 암벽을 뚫어 나간다. 많은 어려움을 겪어 보석을 찾아낸다. 고생만 하고 못 찾을 수도 있다. 그들이 아무 암벽이나 허물고 들어가는 것은 아니다. 탐석을 하고 보석이 있을 것 같아야 암벽을 뚫어 들어간다. 좋다고 하는 문학지 출신이 쓴 작품을 우선 선호하는 것도 이와 비슷할 것이다. 그러나 아무도 쳐다보지 않은 땅에서 우연히 보석을 발견할 수도 있다. 우연히 보석을 발견하기란 흔치 않은 일이긴 하겠지만. 평론가도 그러리라 생각한다.

닭은 발톱이 닳도록 검불이나 모래를 파헤쳐야 낱알이든 벌레든 얻을 수 있다. 평론가도 닭이다. 헤쳐도, 헤쳐도 헝클어진 검불만 나오고 알곡이 나오지 않는 장소에 갈 수도 있다. 다음엔 이런 곳에 오지 않을 지라도 처음부터 알고 기피하지는 않을 것이다. 아직 이름을 널리 알리지 못한 시인들은 이런 점을 노리는 수밖에 없다. 어떻게든 노력을 하여 한 톨이라도 알곡을 만들어 품어 안아야 한다.

시는 성교와 같아야 좋다고 생각한다. 읽으면서 느끼는 쾌감과 남겨져서 다음에 새 생명으로 태어나는 삶이 있다면 이 얼마나 좋은 시가 되겠는가.

하지만 어디 그런 좋은 시 쓰기가 쉬운가.

나도 그런 시 한 편 써보았으면 하는 생각을 해볼 뿐이다.

7

사랑도 자로 재고 근으로
달아서 해야 하는 세상

내가 선 첫 무대

쾅! 음악소리가 하늘이 무너지듯 쏟아져 내렸다. 머리가 하얘졌다. 얼음이 되어버렸다. 순간 내심 자신 있었던 것과는 달리 얼어버린 것이다. 내가 태어나서 처음 선 무대다. 쉰다섯, 이 나이가 되도록 무대라고는 서 본 일이 없다. 하다못해 나는 초등학교 학예회의 무대도 서보지 못했다. 수업시간에 손들어서하는 발표 한번 못해보았다. 6학년 때 할머니가 달걀 한 줄을 담임선생님에게 가져다 준 뒤, 딱 한번 지명을 받아 발표를 한 적 밖에 없다. 처음 선, 내심 기대가 큰 무대였다. 큰 무대는 아니다. 문화원에서 하는 문화원 가족 발표회다.

문화원에 스포츠댄스 강좌가 있어 신청하고 9개월. 일주일에 두 번씩 차차차를 3개월 배웠다. 다음 자이브를 5개월 정도 배웠다. 그리고 겨울방학에 들어갔다.

문화원에서 가르치는 강사님이 동사무소에도 출강을 했다. 방학 동안 동사무소로 나오라고 했다. 동사무소로 처음 갔던 날이다. 여자들만 사십여 명 있고 남자는 하나도 없었다. 나는 고개를 들 수 없어서 등록을 못하고 그냥 오고 말았다. 집에 와서 생각하니 겨울방학 동안 쉬고 있으면 배운 걸 다 잊어버릴 것 같았다. 다음 시간에 고개 푹 숙이고 동사무소 스포츠댄스 반에 등록을 했다. 젊었을 적 같으면 어림도 없는 일이다. 내 나이 쉰다섯, 나이를 먹으니 이제 얼마쯤 뻔뻔해진 것인가. 일주일에 2회 수강이고 1시간씩이었다.

먼저 있던 회원들은 룸바를 하고 있었다. 진도가 절반쯤 나가고 있었다. 다행히 남자 스텝 밟는 사람이 두 명이 모자랐다. 두 분이 교대해서 내 파트너가 되어주었다. 나는 중간에 들어갔기에 룸바 기초부터 시작했다. 다른 회원보다 30분 일찍 가서 하루에 두 가지 스텝을 배우고 연습을 했다.

겨우 기초를 익히고 순번이 몇 번 안 나갔을 무렵 문화원 발표회가 있었다. 문화원 댄스반이 방학이라 대신 동사무소 댄스반이 찬조출연을 하게 되었다. 동사무소 댄스 반 회원들은 2년 이상 된 분들이다. 어느 정도 수준급에 올라와 있는 분들이다. 회원 한 명도 빠지지 말고 다 출연을 하여 달라고 강사님이 부탁을 하였다. 설령 실수를 해도 괜찮은 무대이니 다 가자고 하였다. 날 보고도 배운 순서까지만 할 것이니 함께 나가자고 따로 얘기를 했다. 계속 9개월을 열심히 했으니 나도 함께하기로 마음을 정했다. 또 내 파트너가 다른 분보다 더 잘하는 분이어서 어느 정도 실수가 있어도 때워나갈 수 있으리라 생각했다.

처음 무대 음악이 쾅! 하고 크게 터지는 바람에 긴장되어 있던 나의 모든 기억이 사라졌다. 말 그대로 머리가 하얗게 비어버렸다. 내가 어떻게 서있었는지 무엇을 어떻게 했었는지 알 수 없었다. 다만 앞에 서있는 내 파트너가

"왜 이러세요. 왜 이러세요."

하는 두 말만 먼 곳에서 아득히 들려왔을 뿐이다. 잠시 잠깐이 그렇게 지나고 나도 모르게 어떤 시늉이라도 따라 했었든 모양이다. 내가 리드를 하는 것이 아니고 내 파트너가 나를 잡고 돌았으리라 생각한다. 룸바가 다행히 짧게 끝났다. 다음에 이어진 자이브는 서툰 대로 몸에 익어있어서 큰 실수 없이 마쳤다.

어떻게 무대에서 내려온 지 모르게 내려와서 내 파트너에게 실수를 해서 미안하다고 말하고 강사님과 동호회

회원들에게도 실수를 사과드렸다. 그분들은 실수가 별것 아니었다고 했다. 그리고 처음은 다 그런 것이라고 위로를 해주었다. 동호회 회원들은 예전에 두어 번 무대 경험이 있었단다. 그때도 실수를 한 분들이 있었다고 위로를 해주었다. 강사님은 내가 실수를 한 것을 보지도 못했다고 했다.

야구를 할 때 숙달된 투수는 중계방송 소리가 들리면 그날 경기가 잘 풀린다고 한다. 연극에서 배우가 관객의 목소리가 들리는 날은 연극이 잘 된다고 한다. 경지에 오른 분들도 그러할진대 룸바 1개월짜리 초보가 날짜로 치면 8일, 시간을 치면 8시간 배운 놈이 겁도 없이 무대에 선 것부터가 잘못이었다. 모르면 용감하단 말이 꼭 나에게 와서 짝을 지은 셈이다. 하지만 그것도 경험이 아닌가.

앞으로 무대에 서게 되는 기회가 오면 어떻게 해야 하나. 이제 무대는 포기를 해야 하는 것인가, 아니면 용기를 내어 다시 설 기회가 되면 다시 서야 하는가. 무대에 서서 청중과 관객의 목소리를 들으려면 얼마나 더 열심히 얼마나 더 많은 수련을 쌓아야 하는가. 그런 것이 하루 이틀에 이루어지는 것은 아니리라. 열심히 하면서 기회 있을 때마다 용기와 자신감을 갖고 임하는 수밖에.

부부

춥다. 날카로운 바람이 볼을 도려내갈 것 같다.

가까이 사는 딸 집에서 자고 오는 길이다.

고물상 앞에 고물을 가득 실어놓은 리어카가 있고 옆에 한 남자가 서 있었다. 아직 이른 시간이라 고물상 문은 열려 있지 않고 철문은 잠겨 있는 모양이다.

눈발이 조금씩 뿌리는 아주 추운 날이다. 옆 가까이 지나면서 보니 그는 검은 외투를 입고 있었다.

외투 속에서 여자의 머리가 보였다. 부인일 것이다.

둘이서 새벽 어둠 속을 다니면서 함께 고물을 주워 모아 한 리어카가 차자 고물상 앞에 와서 팔려고 기다리고 있는 모양이다.

그들은 넉넉히 살다가 어느 날 사업에 실패를 하였을 수도 있을 수 있고, 월급생활을 하다 직장을 잃었을 수도 있을 것이다. 아니면 처음 만날 때부터 어려운 사람끼리 만나서 살다 보니 아무리 고생을 하고 애를 써도 운이 따라 주지 않아서 지금까지 고생을 하고 있을 수도 있을 것이다.

이유나 살아온 날이 어쨌든 간에 지금까지 힘을 합하고 아내를 가슴에 품고 살아온 남편, 남편을 도와 함께 일찍 일을 나온 아내, 얼마나 정이 가고 보기 좋은가.

조금이라도 고생이 된다면 등을 돌리는 부부가 많은 세상. 조금이라도 마음에 맞지 않으면 서로 갈라서고 마는 부부가 많은 세상. 이런 세상에 저런 부부가 있다니. 어찌 정이 가고 보기 좋은 풍경이라 아니하겠는가. 지금은 나이 많이 먹어 이혼을 하는 황혼이혼이라는 말도 흔한 세상인데. 물론 이혼을 하는 분들의 마음이야 오죽하면 다 늙어서 이혼을 할까만. 그러나 황혼이혼을 한 사람들을 보면 조금만 서로 양보하고 조금만 참으면 얼마 남지 않은 여생 함께 갈 수 있을 것인데 하는 마음이 들기도 한다.

결혼을 하고 서로 부부의 인연을 맺으면 평생을 좋은 일이 있으나 궂은 일이 있으나 함께 살아야 하는 것이 부부라고 배웠고, 알고 살아온 우리의 방식이 잘못 살아온 것은 아닐 것인데, 세상이 왜 이리되었는지 한심스러울 때가 많기도 하다.

이런 세상에 저런 부부가 있다니, 하늘이 꼭 복을 내려주겠다고 약속이나 한듯이 축하의 꽃잎처럼 지금 눈을 뿌려주고 있다. 그 모습을 가로등이 증인처럼 환하게 비춰주고 있다.

언젠가 머지않아서 꼭 그분들에게 큰 복이 쏟아지기를 기원한다.

詩

배첩 [褙貼]

아직 일러 문 열지 않은 고물상 앞
고물 가득 실은 리어카 옆
중년의 남자 하나 서있다 검은 외투를 입은
외투 속 가슴속에 머리 하나 더 보였다
함께 고물을 주워 모으고 리어카를 끌며 밀며 왔을
찌그러진 작은 불평들 부서진 꿈 조각들 녹슨 추억들
두 사람 생도 저렇게 함께 얹어 끌며 밀며 왔을 것이다

흘렸던 땀 식고 와싹 추위가 덤벼들 때
둘의 마음이 동시에 입을 열었을 것이다
서로의 가슴에 서로의 가슴을 묻자고
서로의 날개 죽지 속에 서로의 부리를 묻고
한겨울 이기는 전설 속 새처럼
추위는 아직도 살을 애이는데
눈발이 희끗거리는 희뿌연 아침
가로등이 비춰주는 동그란 불빛에
하늘에서 내린 눈발들 안개꽃으로 보였다
안개꽃다발이 하트 하나 싸안고 있었다
나는 오래된 풀로 그 그림을 배접하고 싶었다

나이 먹어가면서 줄여야 할 것 4가지

나이 먹어가면서 많아지는 것은
욕심, 고집, 잔소리, 화내는 것, 등 4가지라고 한다.

사람이 살아가면서 욕심과 고집, 잔소리, 화내는 것 등
을 버릴 수는 없을 것이다. 이런 것들을 버릴 수 있다면
그건 바로 성현이라는 칭송을 받을 것이다. 그러나 노력
하면 그런 것들을 줄여나갈 수는 있을 것이다.
나이 먹어갈수록 이런 것들을 줄여나가야 하리라고 생
각을 한다. 어렵더라도.
욕심, 고집, 잔소리, 화내는 것, 등은 치매환자들에게
서 많이 볼 수 있는 증상들이다.
이런 것들만 줄여나가도 치매에 걸릴 확률은 더 줄어들
것 같은 작은 생각이 들기도 한다.

몇 년 전, 주로 실버세대들을 대상으로 하는 교육에 참석한 일이 있었다.

빵과 우유, 차 등을 준비하여 간식으로 비치하여 놓았는데, 준비하는 분들은 인원수 고려해서 좀 더 여유 있게 준비하였다고 하였다. 체면상 앞서지 않고 나중에 먹으려고 한 사람은 음식이 떨어져서 먹지 못하고 그냥 돌아선 분들이 몇 분 생겼다. 중간에 몇 분들이 더 가져다 가방에 넣어버린 것이다. 더러는 친구 몫을 함께 챙긴다고 말하고 더 가져가신 분도 있었다. 교육이 며칠 진행될 때부터는 친구 몫 챙기지 말고 자기 것만 가져가라는 주의가 주어졌다. 그래도 모자람은 여전했다. 결국은 일일이 빵하나, 우유 하나씩을 나누어주는 어린아이 취급을 받는 교육장이 되었다.

얼마 전 노인복지관 회원들이 참석하는 모임이 있었다.

그때 빵과 우유를 나누어 주었는데 내 옆자리에 앉으신 분이 빵과 우유를 좋아하지 않는다면서 다른 분을 주어버리는 것을 보았다.

그 자리에서 드시지 않는 분들은 봉지째 가지고 가시는 것을 빌미 삼아

"드시지 않으시려면 봉지에 넣어진 대로 가지고 가셔서 애들 주시지 그러십니까."

하였더니 그분 말씀이

"이런 것 가지고 집에 가면 마누라한테 혼나요. 남자가 추접스럽게 그런 것 들고 다닌다고 말이에요. 그래서 이런 것 들고 다니지 않아요."

하는 말을 듣고 내 얼굴이 화끈함을 느꼈다.

사람이 살아가면서, 나이 먹어가면서 남에게 좋음이 되는 큰 욕심은 갖는 것이 좋겠지만, 내 배를 불리기 위한 사소한 욕심은 줄이고 버릴수록 내 인격은 높은 곳에 마련된 자리에 앉을 것이다.

고집, 나도 고집이 센 편이다. 집사람은 항상 나에게 저 놈의 정(丁)가 고집, 할 때가 많다. 버리려고 해도 버려지지 않는 나의 못된 성격이다. 하지만 줄여나가야지 하는 생각은 많이 하고 있어도 줄여지지가 않는다.

잔소리, 집에서 적당한 잔소리는 아이들 가정 교육상 좋기도 하다.

그러나 밖에 나가서, 친구들과 모인 자리나 대중들 함께 하는 자리에서 남이 듣기 싫어하는 잔소리는 줄여나가는 것이 스스로를 위해서 좋다.

버럭 화내는 것 역시 또한 조심해야 할 일이다. 화내는 것은 사회생활에도 안 좋지만, 건강에도 좋지 않으니 조심을 하고 줄여나가야 한다.

이런 글을 쓰다 보니 한번 더 나를 돌아보는 계기가 된다. 그래서 글을 쓰고 발표를 하는 것이 좋은가 보다.
버리기 힘든 것은 줄여나가는 것도 지혜의 한 방편이다. 나이 먹어가면서 누구나 꼭 생각해보아야 할 일이다.

노출, 시니어가 알아야 할

앗. 뜨거워.
까딱했으면 큰일 날 뻔했잖아.

어깨 가까이 갔던 눈동자를 걷어 들이고 생각해 본다.
손이 안 가길 천만다행이다.
만약 손이 갔더라면⋯⋯.
혼자 씁쓸한 웃음을 웃어본다.

얼마 전 주민 센터 스포츠교실에서다.
내 파트너의 어깨에 가슴 덮게 끈이 나와 있는 것을
보고 손으로 고쳐줄까 하다 그만두고 만 것을 마음속에
장편(掌篇) 소설로 써 보고 혼자 웃은 일이다.

오늘 아침 TV를 보는데 여성 노출에 관한 내용을 바탕으로 패널들이 나와서 얘기하는 것을 보았다.

팬티같이 짧은 옷을 입는 것은 자신감 표출이라 한다. '내 다리가 이렇게 아름다워요' 하는 표현이란다. 자랑이란다. 이에 나이를 조금 먹은 패널 측에서는 같은 여자이지만 너무나 민망할 때가 많다고 하였다. 반면 젊은 패널들은 그것이 보여주기란다. 노출이 아니고 자신감 표출이라 하였다.

다리뿐이 아니다. 잠자리 날개 옷을 입고 속옷은 검은 색으로 입어 훤히 보이는 것을 가끔 보았다. 길을 갈 때 앞서 가는 사람이 그런 모습으로 가는 것을 보면, 보는 내가 민망하여 일부러 눈을 다른 곳으로 돌리기 일쑤였다. 한데 그게 유행이란다. 일부러 그렇게 입는단다.

가슴 덮개 끈도 옛날에는 맑은 색(누드)을 써서 혹 실수로 보이더라도 알아보지 못하게 하였는데 지금은 일부러 보이게끔 그렇게 입는단다.

겉옷은 짧고 속옷은 길게 입어서 보는 사람 눈을 민망하게 하는 것도 멋을 내기 위한 패션이란다.

그게 유혹인지 아니면 자랑인지 알다가도 모를 세상이 지금 이 세상 같다.

'저 건너 저 처녀 앞가슴 좀 보소. 넝쿨 없는 수박이 두 덩이가 열렸네'란 진도아리랑의 구절이 있는 것을 보면 예나 지금이나 보고, 보여주고는 다름이 없는 것도 같다. 다만 그 농도의 차이가 다를 뿐인 것을.

젊은 사람들은 그게 일반적인 생각인데 나같이 나이 먹어 고루한 생각을 가진 사람만 눈을 돌리거나 쓸데없는 시각으로 보는 것은 아닌지.

'저기 가는 저 처녀, 자빠져뿌더라. 일어나케 준데끼 보듬어나 보게'의 진도아리랑이나 "선녀와 나무꾼"의 나무꾼이 되면 큰일나는 세상이다. 어린아이 고추가 귀엽다고 만져보던 어제가 호랑이 잠배피던 시절이 돼버린 세상이 현시대다.

시각차를 떠나서 요사이는 까딱 잘못하면 성추행으로 문제가 되는 세상이다. 꽃은 만발하고 향은 진한데 만지거나 가까이 코를 들이대면 안 되는 세상이다.

꽃은 종족보전을 위해서 색을 내고 향기를 뿜어 벌 나비를 유혹한다. 동물도 털이나 깃털을 가꾸어 멋을 내고 수놈을 유혹한다. 성이라기보다는 종족보전이 목적이다. 사람만 종족보전본능을 넘어선 쾌락적인 사랑을 한다. 여자들이 아무리 곱게 꾸미고 노출을 해도 서로 마음이 맞아야 사랑이다. 마음이 맞지 않는데 한 쪽이 치근덕거리면 그게 문제가 되는 것이다.

최진사댁 셋째따님이 좋아서 용기를 내다가는 볼기를 맞을 뿐인 세상이다. 총각이 구애나 할 수 있겠는가.

옛날에는 싫다고 해도 따라다니면 마음이 맞아지고 결혼하여 아이를 낳고 평생을 금실좋게 살기도 했는데, 지금은 스토커로 몰려 신세를 망치기도 하는 세상이니 말이다.

사랑과 연애, 구애, 성추행, 어디서 어디까지가 사랑이고 구애며 추행인지 도덕적인 잣대와 법적인 잣대가 명확하지 않는 이 시대. 사랑도 자로 재고 근으로 달아서 해야 하는 세상이다. 그러나 총각 처녀들은 너무 위축되지 말기를. 시니어들은 더욱 더 조심하기를.

난 그것도 모르고 고쳐줄까 하다 말았으니…….

아호

    모임의 대표가 호를 지어보라고 한다. 뭐라고 지을까. 호는, 나의 호는 내가 짓는 것이 아니다. 남이 지어주는 것이다. 어떤 사람이 나에게 걸맞은 호를 지어 불러줄 사람이 있을까. 남들이 나를 부를 때 내 이름 대신 호로 부를 만큼 지위가 높거나 덕망이 있는가? 그렇지도 않다. 호를 지을 필연성이 없을 것 같다.

    호의 유례를 살펴본다. 중국 진나라 때다. 도연명의 집 앞에 버드나무 다섯 그루가 서있었다. 제자들이 스승의 이름을 부르기가 민망해서 오류선생이라고 부른 데서 연유했다고 한다.

    호를 지을 때 남이 지어주었던 자기 스스로 지었든 간에 자기에게 걸맞은 호가 지어졌다면 모르지만, 자기와 전혀 동떨어진, 자기를 추켜세우는 높은 호를 지었다면 그건 바람직함이 아닐 것이다. 아주 높여진 뜻의 호를 지어 부르고 있다고 수군거림을 당하는 일을 본 일도 있다. 직접 부당하다는 말을 본인에게 얘기하고 고치는 것이 어떠냐고 충고를 하는 것을 본 일도 있다.

남이 부르기 편하게 좋은 의미로 지어졌다면 남이 지어주었던지 본인이 스스로 지었든지 무슨 상관이랴. 만약 남이 지어주면 거의가 존경의 의미로 지어주기 마련이지만 스스로 지으면서 과분한 부름으로 짓는다면 그건 항상 수치스러움을 달고 다니는 일이 될 것이다. 반면 남이 지어주었다 하더라고 본인이 싫은 뜻이나 어휘로 지어졌다면 그것 또한 결례가 될 것이다.

호를 지을 때는 본인이 싫어하지 않을 아호를 남이 지어서 불러주는 것이 첫째로 좋다. 어떤 경우 스스로 자기의 호를 지었다 하더라도 남들이 부를 때 언짢은 감이 없이 편하게 부를 수 있다면 아무 상관이 없으리라 생각을 한다.

호의 예를 살펴보면 삼봉(三峰) 정도전은 단양의 도담 삼봉을, 퇴계(退溪) 이황은 안동 퇴계동을, 연암(燕巖) 박지원은 금천 연암의 지명을 따서 지었다고 한다. 은거한다고 은(隱)자를 따서 지은 호도 목은(牧隱), 포은(圃隱) 등등 이외에도 많이 있다. 자신을 낮추어 농사를 지으면서 산다고 남농(南農), 금농(金農), 백농(白農) 등을 넣은 호도 많이 있다.

호에는 당호(堂號)나 댁호(宅號)도 있다. 당호는 주로 서제에 붙이는 호다. 스스로 짓거나 친구나 스승이 지어주는 것이 보통이다. 건물이기에 당(堂), 제(齊), 실(室), 옥(屋), 루(樓), 방(房), 소(巢), 정(亭), 암(庵), 헌(軒), 등을 주로 붙여 짓는다. 자기의 취미, 학문, 등을 내용으로 넣어 짓기도 한다. 스스로 경계, 반성을 모토로 될 만한 것들을 많이 쓴다.

댁호는 남녘 전라도나 경상도에서 주로 쓴다. 결혼을 하면 하나의 가정(댁)을 이룬다. 댁을 이루면 댁호을 지어주는 것이다. 결혼을 하면 어른이 된다. 나이 적은 아이들이 어른의 이름을 부르면 좋은 인상이 아니다. 어른이 되면 이름을 부르기가 민망하므로 댁호를 지어서 부른다. 이에 어른 아이 가리지 않고 높임말로 부르는 것이 댁호다. 편안하게 부르는 것이 댁호다. 댁호는 주로 신부가 시집온 친정동네 지명을 따서 부르는 것이 보통이다. 주로 부모님이나 집안 어른들이 지어서 동네 사람들에게 알려주고 부르게 한다. 신부는 ○○댁 신랑은 ○○양반이라고 부르는 데 평생을 쓰는 호다.

나의 호는, 내가 호라고 하기에는 민망스러운 말이나 어쨌든 지어진 것이 있으니 내력이나 밝혀보고자 한다.

족보를 만들면서 보첩에 올리기 위해 문중 어른들께서 서정(西亭)이라고 지어 주었다. 내가 11대 종손이니 그냥 이름만 올리기가 뭣해서 지었는지는 모르지만, 아무튼 이 호도 족보 책을 구입한 뒤에야 알았다. 내가 살고 있는 동네와 집이 면소재지에서 보면 서쪽에 있다. 내 집 앞에 조그만 정자가 있다. 해서 그렇게 지었는가 보다 하고 짐작을 해 본다. 누가 나의 호를 불어준 사람은 아직 없다. 아니 아직 내 호가 서정이라는 것을 아는 사람도 없다.

西亭이라는 호는 내가 갖기에는 나와는 걸맞지 않은 호임에는 틀림이 없다는 생각을 하고 있을 뿐이다. 농사나 짓고 사는 나에게 西亭은 걸맞은 것일까. 西亭하면 정자에 앉아 부채나 할랑할랑 부치며 시나 읊고 유유자적하는 한량에게 적당하다는 생각이 먼저 떠오른다. 농사나 짓고 등에 땀이나 흘리며 사는 나에게는 맞지 않다는 생각이다.

내가 나의 호를 짓는다면 녹야(綠野)라고 짓고 싶다. 푸른 들. 이호가 내게 걸맞을 것 같다. 나는 농사꾼이다. 농사를 지으면서 집 앞에 펼쳐진 넓은 들이 항상 녹색으로 푸르렀으면 좋겠다. 또 그러기를 항상 바랬다. 병

충해의 피해로 색이 우중충해지거나 비가 조금만 와도 침수가 되어 보기에도 민망할 정도로 흙탕물을 뒤집어쓴 들을 보고 있으면 속이 상할 때가 일 년에도 몇 번씩 있으니 나는 푸른 들이 좋은 것이다. 가을에는 황금빛 들을 보는 것이 제일 좋다. 푸른 들이 없으면 황금빛 배부른 들을 어떻게 볼 수 있겠는가. 나 스스로 내가 나의 호를 짓는다면 푸른 들이 좋으므로 녹야라고 짓고 싶다.

　우연한 기회에 이름자 얘기가 나왔다. 내 이름이 한문으로 하선(河璿)이다. 선(璿)자가 어렵다. 방명록을 적어야 할 곳에 가면 이름을 물을 때 거의가 착할 선(善)자냐고 묻는다. 나는 구술 선(璿)이라는 내 이름의 선(璿)자를 알려주기가 거북스럽고 번거로워 그냥 그렇다고 고개를 끄덕이거나 예하고 만다. 내가 그런 얘기를 했더니 숙부님께서 앞으로는 그러지 말라고 하셨다. 나의 아버지의 존함이 갑(甲)자 선(善)자인데 아버지의 존함에 쓰는 글자를 같이 쓰면 되느냐고 하셨다. 우리 9대조 할아버지께서는 부친인 10대조의 존함이 사(四馬) 자(字)이어서 평생 말을 타지 않으셨다는 말까지 덧붙여 주었다.
　한 번은 같이 일하는 분에게 위와 같은 말을　하였더니 그분 역시 부모님이 지어주신 이름을 함부로 그렇게 쓰는 것이 아니라고 하셨다. 불효라고 하였다.

그렇다면 부모님 대신 나를 길러주신 숙부님의 함자가 경(京)자 록(綠)자인데 내가 쓰고 싶다고 록(綠)자를 쓰면 되겠는가. 그렇다고 푸른 들 하기도 뭣하고. 아무튼 나는 나에 적절한 호 하나 가질 수 없는 팔자인가 보다.

격에 맞든 안 맞든, 내 마음에 맞든 안 맞든, 내가 지은 것도 아닌, 어릴 적 외할아버지가 지어준 이름을 평생 가지고 다니듯, 호 또한 누가 불러줄 사람이 있다면 서정이라고 알려 주는 수밖에 없다. 호보다는 이름을 불러주는 것이 가장 편하겠지만.

튼튼한 다리

할아버지는
나쁜 사람
다리 아파
업어달라고 하면
저만큼만 가면
업어줄게
저만큼 가서
업어달라고 조르면
또 저만큼 더 가면
업어줄게
집에 다 와서
우리 순이
잘 걸어왔단다.

오늘은 내가 쓴 동시 한 편을 올려본다, 졸시이지만.

내 손녀딸이 어렸을 때다. 구청에 볼일 있어서 다녀오는 길에 손녀딸을 데리고 갔다. 그때 쓴 시다. 써놓은 지가 십이삼 년 된 듯싶다. 아직 시집으로 내지 못하고 컴퓨터 속에서 잠자고 있는 시다. 오늘 그 잠을 깨워 세상에 내놓아 본다.

아이들을 요사이는 너무 귀하게만 생각하고 길러서 몸은 큰데 체력은 예전 사람만 못하다고 한다. 아이들 몫이라고 하기보단 어른들이 너무나 잘못 기른 결과의 몫이라고 생각한다.

덩치가 호랑이도 때려잡을 것 같이 큰 고등학생과 같이 쌀을 사러 온 아주머니가 쌀 10킬로를 배달해 달라고 하였다. 쌀가게 아저씨가 출타 중이어서 가게 아주머니가 하시는 말씀이
"학생이 좀 가지고 가면 안 될까요?"
하자 학생이 들려고 하는데 함께 온 아주머니가 펄쩍 뛴다.
"이 애는 몸만 크지 그거 못 들어요. 그거 들다 허리라도 삐긋하면 어떡해요."

한다. 과연 그렇게 하는 것이 아이를 위해서, 진정 아이를 위한 길이 될까 하는 생각이 들어서 이 동시를 졸시이기는 하지만 꺼내어 세상 바람을 쏘인다.

우리 세대가 아이를 키울 때는 공부도 공부지만 학교에서 오면 일도 많이 시켰다.

그렇게 키운 것이 잘못한 것인지는 모르지만 나는 그렇게 공부와 노동을 함께 시키면서 키운 것을 결코 후회는 하지 않는다, 지금도.

새 9988 234

9988 234.

99세까지 팔팔하게 살다가 2일 아프고 3일 만에 사망하는 최상의 인생 갈무리. 누구나 그렇게 오래 살면서도 건강하게 사는 것이 소원일 것이다.

오래 아파서 본인 고생은 물론 가족들 고생시키지 않고 한 이삼일 가볍게 아프다 저 세상으로 간다면 이 또한 최상의 마지막이 될 것이다.

'살다가 잠들듯 죽었으면' 하는 말들을 옛 어른들에게서 많이 들었다. 이 말이 바로 9988 234가 아닌가 한다.

얼마 전 유아 강사 교육장에 교육을 받으러 갔었다. 강사가 하는 말이 9988 234는 옛말이란다.

새로운 9988 234는 99세까지 건강하게 살다가 2일 아프고 3일 만에 사망할 줄 알았는데 아픈지 3일 만에 병을 활활 털고 살아나니까 며느리가 뒤로 벌러덩 자빠졌다고 하는 재미있는 말이었다.

인생 100세 시대라고 한다. 인생 100세 시대에 99세까지 팔팔하게 사는 것보다는 0088 234로 고쳐 써야 할 것이다. 며느리도 나중에 120세나 150세까지 건강하게 살 것인데 넘어질 이유가 없을 것이다. 90세를 살든 100세를 살든 나이를 채우는 것이 삶이 아니고 얼마나 건강하게 사느냐가 중요하다.

건강에는 세 가지 건강이 있다고 한다.
한 가지는 육체의 건강이고
한 가지는 정신의 건강이고
또 한 가지는 사회적인 건강이라고 한다.
건강한 육체를 갖기 위해서는 활동을 해야 한다. 힘에 맞는 일을 찾아서 해야 하고, 운동을 해야 한다. 취미생활을 하고 단백질과 야채를 적당히 섭취해야 한다. 담배, 술 등을 줄이는 생활. 건강검진은 꼭 받는다. 독감은 물론 폐렴, 대상포진 예방접종도 필수적으로 해야 한다. 우리는 정보의 홍수라고 하는 시대에 살면서 이런 걸 모르는 사람은 없다. 다만 실천이 문제다. 알고 있긴 하지만 실천을 하기 어려운 것이 또한 인생이 아닌가. 하루아침에 인생을 바꿀 수는 없다.

자신의 건강한 삶을 위해서 노력하는 습관을 조금씩이
라도 바꾸어 나가고 길러나가야 할 것이다. 나이 먹어서
도 길들여야 할 습관이기도 하지만 젊어서부터 꼭 길들
여야 할 습관이다.

　건강한 정신은 옳은 생각을 하고 긍정적인 생각을 하는
것이다.

　예술이나 자연을 감상하는 시간을 많이 만들어야 한다.
나이 먹어서도 독서하는 습관을 버리지 않아야 한다. 하
루 신문 한 장이라도 보는 습관을 버리지 않아야 한다.
또한 취미생활도 건강한 정신에 없어서는 안 될 감초다.
젊은 사람들도 핸드폰 보는 시간을 줄이고 책 읽는 습관
을 늘려나가야 나이 먹은 뒤 후회하지 않을 것이다.

　사회적인 건강은 남은 생, 이웃이나 사회, 국가를 위해
서 힘을 보탤 수 있다면 자신의 능력껏 힘을 보태는 것
이 바로 사회적인 건강이다.

　이 세 가지 건강을 지키도록 노력하는 습관을 몸에 길
러나간다면, 그 결과는 새로운 9988 234를 넘어 100세
시대로 가는 건널목에 파란 신호등이 켜지고 새로운 길
을 열어 줄 것이다.

쌀 사면 새 옷 사온다더니

오래전 어디선가 읽은 내용이다. 이름 있는 원로시인이 쓴 시평에서다. '쌀 사면 새 옷 사온다더니' 하는 내용의 글에 '쌀을 사면'에 대해서 '쌀을 사 가지고 오면'으로 써 놓은 내용이었다. 시인의 이름과 지면은 기억에서 사라져 알 수 없지만 내용은 기억에 아직 지워지지 않고 남아 있다.

'쌀 사면'은 '쌀을 사 가지고 온다'는 말이 아니다. 요즈음 젊은 사람들이 들으면 다들 사 가지고 온다는 말로 들릴 것이다. 하지만 '쌀 사면'은 역설적이게도 '쌀을 팔면'이라는 말이다.

내가 자랄 때 시장에 쌀을 팔려고 가면서 하는 말이 '쌀 사러 간다'고 하였다. 내가 살던 고흥, 보성지역에서는 다 그런 말을 썼다. 할머니도 어머니도 나도. 다른 지방에서도 그렇게 쓴 경우가 많다고 알고 있다. 지금은 시장에 쌀을 팔려고 가지 않는다. 내가 고향을 떠나온 지 오래되어서 자세한 내용은 모르겠다. 옛날 시장에 가는 것과 달리 지금은 방앗간에서 팔기 때문에 그런 말을 쓰지 않으리라 생각이 들기도 하지만.

옛날 우리 문화는 농경문화다. 쌀 중심의 문화였다. 쌀과 다른 물건과 물물교환을 하였다. 물론 다른 물건과 곡물을 물물교환 하기도 하였지만 쌀이 주(主)였다. 쌀을 위주로 모든 거래가 이루어질 때 화폐가 나왔다. 쌀을 가지고 가서 돈도 사 와야 했다. 해서 생긴 말이 '쌀로 돈 사러 간다'라는 말이다. 여기서 돈이 생략되고 '쌀 사러 간다'라고 하는 표현으로 지금까지 내려온 것이다. 내가 어렸을 적에도 '쌀 가지고 돈 사러 간다'고 하였다. 다른 곡물들은 팔러 가면 팔러 간다고 하였다. 사러 가면 사러 간다고 하였다. 단, 쌀만 반대의 표현을 쓴 것이다. 돈과 쌀의 관계에서 그런 말이 형성된 것이다. '쌀 사러 간다'하는 말은 '쌀을 팔러 간다'라는 말이다. '쌀 팔러 간다'하는 말은 '쌀을 사러 간다'라는 말이다. 내가 쓴 동시 '진달래'에도 '쌀 사면 꽃신 사가지고 오신다더니'라는 구절이 있는데 쌀을 팔아야 그 돈으로 꽃신을 사 가지고 올 수 있다. '쌀 사면 새 옷 사 가지고 온다더니'에서 먹고 살기도 어려운 시대에 살았던 사람들이 쌀도 사고 새 옷도 사고 할 수 있는 여유는 없었다. 농촌에서 생산되는 쌀을 팔아 돈을 마련해야 새 옷을 살 수 있었다.

이것이 바로 '쌀로 돈 사면'이다. '쌀 사면'이다. 쌀 사면 새 옷 사 가지고 온다고 했던 어머니들의 말이다.

춘천여행 하루

가평역을 막 지났을 때였다.

광고지를 나누어주는 사람이 있었다. 춘천 닭갈비집 홍보 광고지였다. 남춘천역에 내리자 1시였다. 마침 점심시간에 딱 맞았다.

아침 여덟 시 조금 넘어서 집에서 출발. 마을버스 타고 나와서 인천지하철 1호선을 탔다. 부평구청역에서 7호선으로 갈아타고 상봉역에서 춘천행 전철로 다시 갈아탔다. 남춘천역에 다다른 것이 4시간 정도가 걸려 점심시간에 도착된 것이다.

차에서 받은 광고지에 쓰여 있는 대로 3번 출구로 나갔다. 구름다리가 나왔다. 구름다리에서 내려다보니 건너편 골목에 광고지의 ○○닭갈비 간판이 보였다. 구름다리를 내려서자 큰길 양옆으로 닭갈비집들이 쭉 늘어서 있다. 손님들이 북적북적하였다.

광고지에 '식사 후 춘천 명소 구경시켜드립니다' 라고 쓰여 있었다. ○○닭갈비집이 뒤쪽에 있어서 손님을 모으기 위한 방책으로 그렇게 한 줄 알았었는데 그게 아니었다. 지나면서 보니 닭갈비집들이 다같이 광고지를 뿌리고 있었다. '식사 후 춘천 구경시켜드립니다' 라고 다 쓰여 있었다. 식당 앞 길가에 작은 관광차 3대가 줄지어 서서 손님을 싣고 있었다. 관광차 관계자로 보이는 사람에게 물어보았더니 아무 식당이고 식사를 하면 관광차를 탈 수 있다고 하였다. 광고지에 쓰여 있는 식당이 사람이 적은 것 같아서 그 식당으로 들어갔다.

일반 닭갈비는 1인당 1만원, 관광차를 타려면 14,000원이라고 하였다. 식사하면 관광을 시켜주는 것이 아니고 관광비로 4천원을 내는 것이다. 식당과 관광차가 서로 도와주는 영업을 하는 모양이다. 집사람과 함께 갔었기에 닭갈비 2인분 28,000원에 공기밥 두 그릇 2천원 해서 합이 3만원이었다.

닭갈비가 나왔는데 맛도 양도 만족할 수준은 되었다. 메밀 부침개가 한 접시 서비스로 나왔다. 음식을 다 먹고 계산을 하는데 관광비 8천 원은 카드가 안 되고 현금이라고 하였다. 막국수는 6천 원이고 술도 함께 팔았다.

식당에서 관광 표를 주었다. 식당 사장이 안내를 해주는 곳에 가서 기다렸다. 때가 점심시간이라 그랬었는지는 모르지만 손님이 많아서 45인승 관광버스가 와서 그 차를 탔다.

나이가 좀 지긋한 기사님이 의암호를 끼고 천천히 가면서 친절한 관광가이드가 되어 설명을 곁들여 운전을 하였다. 의암댐을 지나서 조금 가다가 서면 박사마을이라고 했다. 집은 작은집들인데 박사가 많이 배출된 곳이라고 하였다. 인형극장과 화목원(미래숲유치원)을 지나면서 거기에 맞는 적당한 설명을 해주었다.

소양강댐이 주 관광코스라고 하면서 소양강댐에 내려주고 40분 정도의 시간을 주었다. 가뭄으로 소양강물은 중턱에 붉은 자국을 남기고 저 아래쪽에 있었다. 댐을 구경하고 소양강 처녀 상을 구경하면서 사진을 서너 장 찍었다. 내려오면서 소양강댐과 춘천댐의 물이 만나서 의암댐으로 흐르고 그 물이 양수리로 흘러서 팔당댐에 이르고 한강으로 흐른다는 기사님의 설명이 있었다. 갈 때 오른쪽에 앉은 사람은 강물 구경을 시원하게 하는 행운의 자리였는데 올 때 그 길로 오면 왼편 자리도 그러려니 했는데 올 때는 코스가 달랐다. 사람살이가 다 기대하는 방향대로 흘러가는 것은 아닌가 보다.

소양강댐 바로 아래에 닭갈비촌이 형성되어 있었다. 집집마다 차들로 꽉 차 있었다. 유난히 사람이 길게 줄 서 있는 곳이 한 군데 있었다. 올라갈 때도 내려올 때도 줄은 마찬가지로 길게 서 있었다. 기사님 말씀이 저 집은 장작구이 닭갈비를 하는 집인데 항상 저런다고 하였다. 장사하는 사람의 눈으로 보면 부러움의 대상이었다.

전철 타기 좋으라고 춘천역에 내려주었다. 남춘천역 앞에 풍물시장(2.7일)에 갈 사람은 거기까지 모셔다 준다고 하였다. 친절한 기사님께 고맙다는 인사를 하고 춘천역에서 돌아오는 전철을 탔다.
차창 밖 잣나무 숲을 눈에 담으면서 오는 길, 집사람도 나도 오늘 하루 여행은 만족했다는 말을 주고받으며 돌아왔다.

이른 아침 쌀뜨물을 받다

잠에서 깨어 일어났다. 희뿌연 새벽이 창을 들여다보며 맑아지고 있다.

화장실에 다녀오다 보니 아침밥 지을 쌀이 바가지에 담겨 있다. 물에 불린 콩이 그릇에 담겨 곁에 놓여있다.

아내의 숨소리가 고르다. 깊은 잠에 빠져있다. 밤새도록 불면증에 시달리다 이제야 깜박 잠이 든 모양이다. 잠자는 아내를 깨우고 싶지 않다.

팔을 걷고 쌀을 씻었다. 쌀에 물을 부었다. 한번 대충 휘저었다. 이물질이 있는 첫 쌀뜨물을 따라 버렸다. 손바닥을 펴고 접고 하면서 물 묻은 쌀을 박박 문지른다. 물을 붓고 휘휘 젓는다. 고운 쌀뜨물을 설거지통에 있는 플라스틱 그릇에 받아놓았다. 다시 콩을 쌀에 섞고 물을 부어 한 번 휘휘 저어서 생긴 쌀뜨물을 받아놓은 그릇에 더 받았다.

물을 부어 한 번 더 헹구어내고 밥을 안쳤다. 밥솥에 씻어놓은 쌀을 붓고 물을 부으며 손바닥을 얹어보았다. 손등에 물이 살짝 덮일 둥 말 둥 하다. 밥을 안치고 취사 버튼을 누르자 탁, 하는 버튼 소리와 함께 빨간 불이 켜졌다. 나는 압력밥솥에 지은 밥은 질고 찰 떡 같아서 일반 밥솥을 쓰고 있다.

밥을 할 때 20분 정도 쌀을 건져 불려야 밥이 뜸이 잘 들고 맛이 있다고 한다. 그러나 나는 그런 밥보다는 밥을 안치고 바로 취사 버튼을 눌러서 지은 밥을 좋아한다. 마른 쌀 속에 물이 천천히 베어 들면서 밥이 되어서 씹으면 씹을수록 단단하면서도 달달한 맛이 우러나와 입안에 황홀감을 안겨 주기 때문이다. 또 나는 진밥이나 떡밥을 좋아하지 않고 된밥을 좋아하기 때문이기도 하다.

받아놓은 쌀뜨물은 아침 설거지할 때 쓰라고 받아놓은 것이다. 쌀뜨물로 그릇을 씻으면 세제를 쓰지 않아도 그릇이 깨끗이 닦인다.

할머니나 어머니는 쌀뜨물을 함부로 버리지 않았다. 매일 끓이다시피 하는 시래깃국을 끓일 때는 꼭 쌀뜨물을 받아서 썼다. 시래깃국을 끓일 때 맹물을 붓지 않았다. 쌀뜨물에 된장을 풀어서 끓였다. 거기에 중간 멸치 몇 마리를 넣어서 끓였다. 쌀뜨물과 된장과 멸치가 들어가야

구수하고 깊은 맛이 났다. 돼지김치찌개를 할 때도 맹물을 부으면 맛이 덜하다. 그때도 쌀뜨물에 된장을 풀어 끓여야 맛이 좋다. 말려둔 생선을 물에 담글 때도 쌀뜨물을 사용했다. 고사리나 토란대 등 마른 나물을 불릴 때도 쌀뜨물에 담가 두었다가 쓰는 방법이 우리 할머니나 어머니가 하던 방식이다.

그렇지 않을 때는 돼지를 주거나 소에게 주었다. 함부로 버리는 일은 없었다.

새우젓이나 전어 젓, 멸치젓을 담가놓고 며칠 지나서 물을 끓여 부을 때도 맹물을 끓여 붓는 것이 아니다. 쌀뜨물을 받아 끓여 부어야 맛이 더 좋다. 쌀뜨물을 끓여서 식은 다음에 부어주는데 그러기를 서·너 번 하면 젓갈이 구수하면서도 감칠맛이 난다. 새우젓은 색깔이 약간 붉어져서 식감이 있게 보인다.

햅쌀이 나오는 늦가을이나 겨울철에는 쌀뜨물을 숭늉으로 끓여먹었다. 쌀뜨물 끓인 물은 고소한 맛과 함께 우유처럼 보얀 것이 바로 살로 갈 것 같았다. 또한 어차피 따뜻하게 물을 끓여먹어야 했기에 쌀뜨물을 자주 끓여먹은 것이다.

지금은 더 맛있는 것들이 많은 세상이니 쌀뜨물을 누가 끓여먹겠는가. 그러나 어쩌다 한 번씩 우리 집은 두 번째

받은 쌀뜨물을 끓여먹는다. 맛은 예전의 맛 그대로다.

오늘 아침 받은 것은 끓여먹으려고 받은 것이 아니다. 그릇을 씻으려고 받아놓은 것이다. 쌀뜨물로 그릇을 씻으면 세제를 전혀 사용하지 않아도 된다. 무공해 세제다. 버려야 할 물을 사용하기 때문에 설거지물도 반 정도로 줄일 수 있다. 한두 번 사용하는 것은 별거 아니겠지만 계속 사용한다면 세제 값이나 수도요금을 조금이라도 아낄 수 있을 것이다.

내가 너무 쪼잔하고 구두쇠 같은 말을 했는가. 그러나 아끼는 것과 구두쇠는 다르다는 생각을 해본다.

쌀뜨물로 설거지를 하면 손도 보호가 된다. 어렸을 적, 손의 때를 벗길 때 비누 대신 쌀뜨물이나 쌀겨를 쓰기도 했다. 손이 부드러워지고 윤기가 돌았다. 머리 감을 때도 쌀뜨물을 썼다. 머리가 찰랑거리고 윤기가 흘렀다. 그 머리에 동백기름을 발라 하얀 길이 나게 가르마를 탄 젊은 새댁을 보면 아련한 그리움의 꿈길이 나있는 듯했다.

우리들의 할머니, 어머니, 아내는 그런 방식을 그대로 전수받아 살로 가고 맛이 좋은 집 밥을 지어먹었다. 이렇게 요긴하게 쓰이던 쌀뜨물이 지금은 세제와 조미료에 밀려서 그 진가가 사라진 지 오래다. 문명과 과학이라는 괴물에? 짓눌려 잊히고 영원히 사라져 가고 없다. 사서 쓰는 것이 무조건 좋은 시대가 되어버린 것이다.

밥을 잘 지어먹지 않아 쌀이 남아돌고 대접을 못 받는 시대가 되었으니 이런 말을 해 무엇하랴. 늙은이 캐캐 먹은 푸념에 불과하겠지. 그러면서도 이런 말을 하고 싶어서 하고, 또 쓰고 싶어서 쓰고 있으니 내가 나를 보아도 참 한심한 일이다. 쌀뜨물이 흘러가며 부르는 노래가 있다면 옛날에 불렀던 우유 빛 맑은 노래는 사라지고 슬픔이 젖어드는 한의 노랫소리가 들릴 것이다.

그릇 삶는 일요일

"저것들을 좀 삶아야 하겠는디 엄두가 안 나네."

아내가 색이 죽고 변질되어 누렇고 얼룩이 있는 스테인리스 그릇들을 보면서 하는 말이다. 옛날 같으면 그런 말할 새도 없이 삶아서 윤이 나게 만들어 놓았을 것이다. 무릎을 마음대로 쓰지 못하니 마음만 앞서는 모양이다.

아내의 마음을 헤아리지 못하는 그릇들이 자꾸만 보챈다. 때가 끼고 투박해진 몸을 내보이면서 뜨거운 물에 목욕을 시켜달라고 졸라댄다.

일요일이다. 토닥토닥 떨어지는 아침 빗소리에 잠이 깨었었는데 아침밥을 먹을 때쯤에는 빗줄기가 제법 굵어져 있다.

아침 식사가 끝나자 팔을 걷어붙였다. 그릇을 삶기로 한다. 벼르고 별렀지만 손대지 못하고 미루어온 아내의 일을 내가 하기로 한다. 힘든 일도 아니고 어려운 일도 아닌데 내가 삶아놓아야지 하면서도 이날저날 미루어온 일이기도 하다.

  냉장고 위에 포개어 엎어둔 커다란 찜통을 꺼냈다.
  키가 닿지 않아 의자를 놓고 그 위에 올라가 찜통을 꺼내는 일 같은 것들은 내 아내는 하지 못한다. 내가 없으면 할 수 있는 일인데 내가 있어서 믿고 안 하는 것인지는 모르지만 아무튼 하지 못한다. 다리가 아프지 않았을 때도 그랬는데 무릎 수술을 한 뒤로는 아예 생각도 못하는 일이다.
  찜통을 두어 번 씻고 물을 받아 가스레인지 위에 얹었다. 빙초산 쓰던 것이 있어서 약간 따라 부었다. 거기에 소다를 넣고 주방세제를 넣었다.
  양푼이나 주전자 같은 큰 그릇을 넣은 다음 속에다 중간 크기 그릇을 넣어 채웠다. 다시 작은 그릇들을 넣어서 빈틈없이 더 채운 다음 사이에 칼. 가위. 수저 등을 넣어 찜통을 꽉 채우고 불을 켰다.
  시골 살 때 빈 그릇을 삶는 것을 가끔 보았다. 그때는 물에 아무것도 넣지 않은 것 같았는데도, 맹물에 그릇을 넣고 삶아도 깨끗해진 것을 보았다. 마을에 눈병이 오면 수저나 그릇을 삶았다는 사람들이 많았다. 우리 집도 예외는 아니었다. 할머니나 어머니는 다른 집처럼 그릇을 삶아서 썼다. 여기 이사 와서도 아내는 그릇을 가끔 삶아서 썼다.

불을 켠 지 얼마 지나지 않아 물이 끓기 시작하고 조용하던 찜통에서 달그락달그락하는 소리가 들렸다. 소리는 작아도 경쾌하다. 처음 작게 나던 소리가 점점 커졌다.

음식은 끓기 시작하면 넘치기가 다반사인데 빈 그릇이어서 그런지 넘침은 없다. 경쾌한 소리만 주방과 거실을 가득 채운다. 그렇지만 물이 가득 차 있어서 넘칠까 보아 뚜껑을 열어본다. 맑은 물이 중심에서 솟구쳐 그릇 사이로 흐르면서 순환이 되고 있다. 끓는 물은 맑고도 맑다. 빈 그릇들이 가진 청렴의 투명함이 물에 어떤 채색도 허락하지 않고 오직 맑음 하나를 준 듯했다.

내가 젊었을 적, 산에 나무하러 갔을 때마다 보았던 산골 계곡물이 거기에 있었다. 거품을 내기도 했지만 맑음이 근육이 되어 바위 사이로 미끄러지면서 흐르던 물. 지금 찜통 속에서 그릇들 사이로 미끄러져 흐르는 물의 근육. 지금 저 물은 손을 넣을 수 없게 뜨겁고 산골 물은 손이 시리게 차가웠지만 그 맑음의 투명도는 한 치 한 푼의 다름도 없을 것 같다.

밖에는 제법 많은 비가 내린다. 빗소리와 달그락달그락 그릇 끓는 소리가 산만할 법도 한데 산만하지 않고 안정되면서도 묘한 리듬감을 준다. 좋다. 마음이 착 가라앉는다.

빗소리는 더 커졌다. 이런 날은 집안일 하기가 안성맞춤이다. 아니면 낮잠이나 자던지. 시골 살 때는 비 오는 날이 공일이다. 시골 살 때 이런 날은 새끼를 꼬던지 가마니를 짜거나 낮잠을 자던 생각이 떠오른다. 눈이 빗소리에 홀려 자꾸만 창으로 나가 책 읽기는 좋지 않은 날이 비 오는 날이다. 차라리 친구들과 어울려 먹기 내기 화투놀이라도 하는 것이 안성맞춤인 날이다. 오늘 날을 잘 잡았다는 생각이 든다. 아깝지 않은 날이다.

일요일은 마치 아무것도 담기지 않는 빈 그릇 같다는 의미 없는 생각이 든다. 일요일의 빈 그릇 속에 들어간 그릇들이 달그락달그락 거리면서 소꿉 소리의 작은 꽃들을 피워내어 내 마음에 가득 채워주고 있다.

그릇을 감싸 돌며 물이 끓어오른 지가 한참 지났다. 이제 됐겠지 하면서도 불을 끄기가 싫다. 그냥 그대로 더 두기로 한다. 밖에서 들려오는 빗소리도 좋지만 달그락달그락 그릇이 삶아지며 내는 소리가 빗소리와 함께 어울려 더 싫지 않다.

그렇지만 이것도 일인데 듣기 좋다고 무작정 놓아둘 수는 없다. 한참을 삶은 뒤 긴 자루가 달린 쇠 조리로 하나씩 꺼내어 거칠지 않은 수세미로 문질러 닦았다. 신기할 정도로 깨끗해졌다.

씻은 그릇들을 맑은 물에 담그고 남은 그릇을 한 솥

더 안친다.

처음에는 스테인리스 그릇만 삶을 생각이었는데 넣다 보니 사기그릇도 함께 넣어졌다.

삶은 그릇들을 다 들어내어 닦고 가스 불을 끄고 플라스틱 그릇을 잠깐씩 넣었다가 꺼내어 닦았다. 플라스틱 그릇은 뜨거운 물에 오래 담그면 안 될 것 같다는 판단에서다. 플라스틱 그릇도 좀 더 깨끗해지기는 했지만 스테인리스 그릇처럼은 깨끗해 지지 않았다.

다 쓴 물로 주방 설거지 다이를 닦으니 주방도 한 결 깨끗해졌다.

아무리 세상이 어둡고 차갑다 해도 맑고 따뜻한 심성을 가진 영혼이 있다면 빛은 그 심성 위에 반짝거려야 한다는 듯이 밖에 비가 오고 있어서 환하지 않는데도 맑은 빛들이 스며들어 그릇들이 반짝반짝 빛이 난다.

한국 사람들은 일을 한번 시작하면 끝을 보아야 시원해 한다는 말이 떠올랐다.

그릇들을 마른 수건으로 닦아 거실 바닥에 엎어 탑처럼 쌓아 말린다.

금방 끝이 날 줄 알았는데 한 나절이 거의 다 되어서야 일은 끝이 났다.

겨우 내내 더러워진 골목을 다 씻어내려는 듯 밖에는 주룩주룩 제법 많은 봄비가 내리고 있다.

행복한 날 되세요

장례식장 사무실에 볼일이 있어 들렀다. 일을 마치고
"행복한 날 되십시오."
하고 나오면서 보니 옆에 상주들이 있었다.
'아차' 하는 생각이 들었다.
좋은 말이기는 하지만 장례식장에서는 안 써야 할 말이
라는 것에 생각이 미쳤다. 상주들이 생각하면 어떤 생각
을 하였겠는가.

얼마 전 아는 분 병문안 차 병원에 갔었다. 간호사가
와서 "안녕하세요" 하고 입원해 있는 환자에게 인사하는
것을 보았다. 내가
"환자에게 안녕하세요 합니까."
하고 웃으니까
"그럼 뭐라고 할 말이 없잖아요."

역시 웃으면서 간호사도 대답을 하였다.

그렇다. 내가 농담으로 한 말이긴 했어도 나도 안 할
말을 한 것이다.

언젠가 신문에서 읽은 내용이 떠오른다.

어떤 국회의원이 아내의 상을 당했다. 문상 온 후배가

"형님, 별일 없으시죠."

평소 쓰던 말이다. 무심중에 한 말이다.

"별일 없긴, 마누라가 죽었는데 별일이 없어."

그렇다. 좋은 말도 쓸 자리에 따라 써야 좋은 말이 된
다는 것을 느꼈다.

약도 잘못 쓰면 독이 되듯이.

```
┌─────────┐
: 판  권 :
:        :
: 소  유 :
└─────────┘
```

견디며 사는 나무

초판인쇄 2019년 2월 15일
초판발행 2019년 2월 20일

저 자   정 하 선

발 행 처   ❀ ㈜이화문화출판사
등록번호   제 300-2015-92호
주 소   서울시 종로구 인사동길 12, 310호 (대일빌딩)
전 화   02-732-7091~3 (구입문의)
F A X   02-738-5153
홈페이지   www.makebook.net

값 15,000원